TIME
ROULETTE
타임룰렛

TIME
Roulette
타임룰렛 13

초판 1쇄 인쇄일 2018년 6월 15일 ┃ **초판 1쇄 발행일** 2018년 6월 20일

지은이 최예균 ┃ **펴낸이** 곽동현 ┃ **담당편집 팀장** 이범수
편집부 홍현주 정요한

펴낸곳 (주)조은세상 ┃ 출판등록 제 2002-23호
주소 경기도 연천군 미산면 청정로 1355
TEL 편집부 02)587-2966 ┃ FAX 02)587-2922
e-mail bukdu@comics21c.co.kr

최예균 ⓒ 2017
ISBN 979-11-6171-906-1 ┃ ISBN 979-11-6171-108-9(set) ┃ 값 8,000원

TIME
ROULETTE
타임룰렛 13

최예균 현대판타지 장편소설

NEO MODERN FANTASY STORY

CONTENTS

CONTENTS

Chapter 140. 그들을 위한 미래

초롱초롱하기까지 한 케빈의 눈망울을 보니 이유를 묻지 않을 수가 없었다.

"……그래, 뭘 하고 싶은데?"

"히어로!"

"뭐?"

얼토당토않은 소리에 반문을 토해 내자 케빈이 진지한 목소리로 말했다.

"나도 보스 같은 히어로가 되고 싶다고!"

갑자기 머리가 지끈거렸다.

"그게 무슨 헛소리야? 애초에 히어로라는 건 말도 안 되고

7

더군다나 나 같은 히어로라니! 너 어디 아픈 거 아니야? 이 녀석 병원이라도 한번 데려가야 하는 거 아닙니까? 무슨 말도……."

"저 녀석 진심으로 하는 소리입니다."

"뭐라고요?"

박무봉의 대답에 오히려 당황스러운 건 내 쪽이었다.

반면 케빈은 주먹까지 불끈 쥐며 열변을 토해 냈다.

"히어로가 별것 있어? 난 캡틴이나 아이언 맨, 헐크 같은 히어로가 되고 싶은 게 아니야. 그냥 보스처럼 어려운 사람을 몰래 도우면서 사는 그런 오…… 오…… 으으. 뭐였지?"

"오지랖."

박무봉의 짤막한 대답에 케빈이 환하게 웃으며 말했다.

"맞아! 오지랖! 어려운 사람들 몰래 도우면서 그걸 지켜보는 그런 오지랖 넓은 히어로가 되고 싶어!"

이게 대체 무슨 귀신 씻나락 까먹는 소리란 말인가?

오지랖 넓은 히어로? 그런 건 생전 처음 들어 본다.

아니, 이런 히어로가 만들어질 일은 없을 것이다.

"케빈, 너 뭔가 단단히 착각을 하는 것 같은데. 대체 내가 언제 다른 사람을 도왔다는 거야? 그리고 오지랖은 또 뭐고?"

"나 참. 보스가 차 아저씨한테 그랬잖아? 권력이 없고 돈이 없어서 세상에 배척받는 힘없고 불쌍한 사람들 외면하지 말고 도우라고. 돈 걱정 없이 진실만 말할 수 있는 언론인으로

8

살아가게 해 준다고 말이야! 그 덕분에 한빛 일보에게 도움을 받은 사람이 몇 명이라고 생각해?"

"……."

당연히 그 숫자는 생각해 본 적이 없다.

차태현 국장에게 저런 말을 했던 이유는 언론인이라면 응당 저래야 된다는 내 생각이 반영됐기 때문이었다.

케빈이 이어서 말했다.

"그리고 보스가 희망 재단을 다시 인수하면서 그 혜택을 받은 사람이 한둘이야? 거기에 어디선가 불쌍한 사람과 관련된 기사만 보면 나는 물론이고 여기 있는 박 씨까지 동원해서 꼭 도움을 줘야 성이 풀렸잖아. 어디 그뿐인가? 나라를 좀먹는 정치인들의 목도 댕강 날려 버린 게 바로 보스였는데, 이래도 오지랖 넓게 사람을 돕고 다닌 게 아니야?"

"그건 당연히 해야 할 일……."

"보통 사람은 당연히 해야 할 일이라고 생각 안 하거든? 그냥 자기만 편히 살고 말지."

도움을 구하는 시선으로 박무봉을 쳐다봤다.

하지만 그는 아무런 말도 없었다.

'끄응, 그러고 보니 케빈은 물론이고 박무봉도 내가 죽기 전까지 어떻게 살았는지를 지켜봤겠구나.'

내가 아는 나보다 그들은 더 많은 모습의 나를 봐 온 것이다.

"물론 그 모든 게 보스가 원하는 목적을 이루기 위해 달려가는 동안 생긴 것들이란 것은 알고 있어. 하지만 그게 뭐가 어때서? 도움을 준 건 사실이잖아?"

"케빈……."

"뭐, 보스는 엔젤 히어로보다는 다크 히어로에 가까운 사람이지만, 난 원래 캡틴 아메리카보다는 아이언 맨 같은 히어로가 더 좋거든. 그리고 이제 와서 하는 말이지만, 보스와 함께 일하면서 후회했던 적은 단 한 번도 없었어. 정말 신나고 재미있었으니까. 그래서 이왕 산다면 보스 같이 살기로 진즉 마음먹었다고."

지잉―

심장이 두근거리며 짠한 느낌이 들었다.

그 감정을 느끼기라도 한 것일까?

케빈이 혀를 쏙 내밀고 웃었다.

"응? 보스 설마 지금 감동이라도 받아서 부끄러워하는 건 아니지? 눈가가 조금 촉촉한 것 같은데, 설마 우는 거 아니야?"

"시, 시끄러."

"이럴 줄 알았으면, 좀 더 감동적인 멘트를 준비할 걸 그랬나? 후후. 어쨌든 난 보스처럼 다크 히어로 같은 삶을 살고 싶어. 다크 히어로 케빈! 어감도 짱 좋지 않아?"

[이미 그렇게 살고 있지 않습니까?]

바로 그때 치고 들어온 목소리는 나이트의 것이었다.
"그게 무슨 소리야?"
내가 반문하자 케빈이 서둘러 말했다.
"야! 깡통! 조용히 못 해?"
하지만 나이트의 목소리를 막을 수는 없었다.

[최근까지 CCTV를 비롯한 블랙박스, 경찰서 및 검찰청의 내부 전산망을 해킹한 기록이 다수 존재합니다.]

"그건 불법이잖아?"
"아니, 불법이라니! 이미 내 전적을 다 아는 보스가 인제 와서 그런 말을 하는 건 좀 그런 거 아니야?"
입술을 삐죽 내미는 케빈을 향해 눈을 부라렸다.
"아무튼! 대체 해킹은 왜 한 거야?"
내가 죽고 난 뒤라면 이해라도 하겠지만, 최근이라면 이미 내가 죽은 뒤 수년이 지난 뒤였다.
"열 받아서."
"뭐?"
"화딱지가 나고 열 받아서! 미국도 그렇지만 이 나라는 법이 아주 거지같단 말이야!"

신경질을 부린 케빈이 식탁 위 신문을 집어 들더니, 한쪽 면을 펼쳐 내게 보여 줬다.

[소리 없는 아우성! 두 얼굴의 경찰? 시민은 누굴 믿어야 하는가!]

지난 2월, 강 씨(27)는 뺑소니 혐의로 경찰에 긴급 체포 구속되었다.

강 씨가 자신의 소나타 승용차를 운전하던 도중 대학생 이 양(22)을 치고 도주한 혐의가 드러났기 때문이다.

경찰 진술 결과 강 씨가 이 양을 발견했을 당시 그녀는 이미 사고를 당한 후였고, 당황스러운 나머지 그냥 지나치려고 했으나 양심에 걸려 다시 현장으로 돌아왔다고 밝혔다.

그러나 그때는 이미 다른 신고자에 의해 이 양이 병원으로 옮겨진 뒤였다.

하지만 경찰에게 진술한 강 씨의 말과 사고를 당한 이 양의 증언은 달랐다.

이 양은 자신을 친 승용차의 차종이 소나타라고 말했으며, 또 강 씨의 얼굴이 사고 직전 스치듯 봤던 차주의 얼굴과 몹시 흡사하다고 증언했다.

이에 경찰은 강 씨를 상대로 강도 높은 조사를 진행했고 그가 이 양의 뺑소니 범인임을 자백했다며 언론에 공표했다.

하지만 충격적이게도 이 모든 과정이 경찰과 이 양에

의한 거짓이자 날조였음이 최근 밝혀졌다.

다수의 언론사에 익명으로 전해진 CCTV 영상 때문이었다. 영상에는 이 양을 친 차종이 소나타가 아니며, 번호판 역시 강 씨의 차량과는 전혀 무관한 번호임이 담겨 있었다.

언론의 질타에 경찰은 재수사를 시작했으며, 재수사 시작 한 달 만에 전혀 뜻밖의 인물이 사건의 범인이었음을 밝혀냈다.

놀랍게도 이 양의 뺑소니 범인은 강 씨를 조사하던 담당 수사관이었던 것이다.

사건의 진상은 이러했다. 뺑소니 직후 현장을 떠난 담당 수사관은 이후 용의자로 강 씨가 지목되자 이 양이 그를 범인으로 증언하도록 이끌어 낸 것이다.

이 양은 인터뷰를 통해 강 씨를 보는 순간 그가 범인이 아님을 알았지만, 그 자리에서 아니라고 하기에는 너무 겁이 나고 두려워서 그냥 맞는 것 같다고 대답했다며 심정을 밝혔다.

한편, 경찰은 담당 수사관을 직책 해임하고 관련 사건을 철저하게 규명하겠다는 입장이다.

"짜증 나지? 빡치지? 화나지?"

케빈의 연이은 물음에 한숨이 절로 흘러나왔다.

읽으면 읽을수록 암에 걸릴 것 같은 내용이었다.

"이 CCTV 네가 해킹해서 언론사에 보낸 거야?"

"당연하지. 그 새끼들 처음부터 그 수사관이 범인인 거 알고 있었어. 그런데 감싸 주려다가 CCTV 영상이 터지니까 내쳐 버린 거야. 아무튼 더 열 받는 게 뭔지 알아?"

케빈의 눈빛에서는 불똥이라도 튀어 나올 것 같았다.

"거기에 적힌 강 씨라는 사람, 당시에 무역회사에 최종 합격해서 출근 날만 기다리고 있었는데, 뺑소니 범인으로 몰리는 바람에 합격 취소되고 결혼을 약속했던 여자한테도 버림받았대. 거기에 자식이 교도소에 간다는 소식에 아버지는 쓰러져서 풍이 오고 어머니는 그 이 양의 가족이라는 사람한테 폭행까지 당했는데도 자식이 지은 죄 때문에 아무런 말도 못 했다는 거 있지?"

"……."

"그런데 저 빌어먹을 경찰과 여자는 미안하다는 말 한마디로 모든 걸 끝낸 거야. 사람 인생, 가족의 삶을 완전히 박살 내고 말이야!"

케빈에게서 과거의 내 모습이 보였다.

백화점이 붕괴되며 수많은 사람이 죽었다.

하지만 그들은 단지 죄송하다는 말 한마디로 모든 것을 덮으려고 했기 때문에 나 역시 지금의 케빈처럼 분노하고 화를 냈다.

"좋아. 그래서 어떻게 하고 싶은데?"

"당연히 합당한 벌을 받아야지! 죄를 지었는데도 동료라고 감싸 준 그 경찰들의 비리를 내가 철저하게 조사해서 언론사에다가 모조리 고발해 버릴 거야. 그리고 그 거짓말했던 여자애는 남의 가슴에 비수를 꽂아 놓고 잘 살 수 있는지 보라 그래. 아르바이트를 하든 회사에 취업을 하든, 평생 꼬리처럼 자기가 저지른 일들이 따라다닐 테니까. 한국은 그런 과거에 유달리 예민하잖아?"

케빈은 해커다.

그것도 보통의 해커가 아니라 과거 미국 전역을 떠들썩하게 만들었던 천재 해커였다.

그가 마음먹는다면 실무에서 활동하는 경찰의 비리를 찾아내는 건 일도 아니었다.

후자도 마찬가지였다.

그 여자가 결혼을 하고 자식을 낳아도 이번 일이 꼬리표처럼 붙어 다니도록 만들 수도 있을 것이다.

물론 그들이 이렇게 고통을 받게 될 것이라는 사실을 알게 된다면, 강 씨라는 사람은 통쾌할 수도 있을 것이다.

자신과 가족의 인생을 나락으로 떨어트린 존재들이 고통받고 괴로워할 테니까.

뿌린 대로 거둔다고 하지 않던가?

'하지만 그래서는 안 된다.'

상처를 입힌 사람에게 똑같이 되돌려 준다고 해서 바뀌는 건 아무것도 없다.

그렇게 되면 지루하고 끝없는 악행만이 계속 이어질 뿐
이었다.

"케빈."

"응?"

"그렇게 하는 건 단지 철없는 어린아이의 분풀이에 지나
지 않아."

"보스?"

"방금 같은 일이 10명, 100명에게 벌어진다면 넌 그들
모두를 도와줄 거야?"

"당연하지! 난 다크 히……."

"천 명, 만 명이라면?"

"상식적으로 그 많은 사람들에게 저런 일이 일어날 리가
없잖아!"

"맞아. 하지만 상식이 통하지 않기 때문에 저런 일이 일
어난 거야."

"……."

케빈이 입을 다물었다.

나도 한때는 케빈과 같은 생각을 한 적이 있다.

하지만 수많은 정착자의 기억과 다른 시간대의 세상을
경험하면서 깨달았다.

아랫물을 정화한다고 해서 결코 윗물이 맑아지지 않는다
는 것.

물을 정화하기 위해서는 물이 흐르기 시작하는 윗물부터 바꿔야 한다.

애초에 더러운 흙탕물이 흘러내려 가지 않도록 말이다.

"스파이더맨이 매일같이 뉴욕의 범죄자들을 잡아도 범죄자들은 줄어들지 않아. 오히려 스파이더맨을 위협할 정도의 더 강한 범죄자가 생겨날 뿐."

백날 범죄자들을 잡는다고 범죄자가 사라지는 게 아니다.

"……"

"결국, 언젠가 네가 감당할 수 없는 상대가 나타날 수도 있을 거야. 그러니 만약 정말 네가 되고 싶은 게 다크 히어로라면, 더 높은 곳을 목표로 해."

손가락을 들어 하늘을 가리켰다.

시선을 따라가던 케빈이 말했다.

"높은 곳?"

"그래, 상식이 통하지 않는 게 문제라면 상식이 통할 수 있게끔 바꾸는 게 맞는 거야. 또 너랑 같은 생각을 하는 사람들을 모으는 것도 좋을 거야. 아무리 대단한 사람이라도 혼자서 할 수 있는 일은 제한적이니까."

영웅에게는 반드시 그에 못지않은 조력자가 있는 법이다.

"으음. 보스가 우리를 모은 것처럼 말이지?"

"그래."

케빈이 낮게 신음을 흘리며 고개를 끄덕였다.

"……하긴 다크 히어로에게도 항상 동료들은 있어 왔으니까."

이제 조금은 안심이라는 생각을 할 때였다.

생각에 잠기는 케빈을 보며 박무봉이 작은 목소리로 내게 말했다.

"조금 위험한 거 아닙니까?"

"네?"

"저 녀석 어쩌면 대표님이 말하는 그런 세상을 위해 이 나라 자체를 흔들어 버릴지도 모릅니다."

톡- 톡-

박무봉이 손가락으로 자신의 머리를 두드렸다.

"바보 같은 모습을 보이긴 해도 머리 하나는 좋은 녀석이니까요."

설마 그렇게까지 할까 싶어 케빈을 쳐다보니, 녀석이 광기 어린 표정으로 알 수 없는 웃음을 흘리고 있었다.

"으흐흐흐. 그래, 그게 좋겠어."

이거 내가 괜한 소리를 늘어놓은 것은 아닐까?

돌릴 수만 있다면, 1분 전으로 돌아가서 내 입을 닫아 버리고 싶다.

"그래도 대표님 덕분에 저도 할 만한 일을 한 가지 찾은 것 같습니다."

"……?"

"사실 계획이라든지 목표라든지 하고 싶은 게 없었으니까요. 대표님께서 사라지시고 사실 모든 게 좀 지루했습니다. 기다리라는 말이 없었다면, 아마 이 나라를 떠났을 겁니다."

박무봉의 목소리에는 어딘지 모르게 슬픔이 깃들어 있었다.

하긴 나까지 포함하면 그는 벌써 모시던 사람을 세 명이나 잃은 셈이었다.

사실 박무봉이 군대에서 전역했던 이유 또한 믿고 따르던 상관이 작전 도중 사고로 사망했기 때문이었다.

그의 평상시 사고방식을 보면, 분명 적지 않은 충격이었을 것이다.

"그렇다고 그렇게 불쌍한 표정으로 보실 필요는 없습니다."

"음, 티 많이 났습니까?"

"엄청요."

그렇게 잠시 서로를 마주 보다가 누가 먼저라고 할 것 없이 웃음을 토해 냈다.

"크큭."

"하하!"

얼마 동안 웃음을 흘렸을까?

박무봉이 표정을 관리하며 말했다.

"아까 말씀드린 해야 할 일 말입니다."

"네."

그의 시선이 케빈에게로 향했다.

"대표님께서 저 녀석에게 이상한 목표를 심어 주셨으니, 삐뚤어지지 않도록 옆에서 지켜볼 생각입니다. 머리는 좋지만 아직 사회성 측면에서 부족한 면이 많은 녀석이니까요."

박무봉의 말대로 홀로 많은 시간을 보낸 케빈은 사회성이 부족한 면이 없잖아 있었다.

"그러다 어느 정도 시간이 흐르면 공기 좋고 물 좋은 곳을 찾아 은퇴를 하는 것도 나쁘지 않을 것 같군요."

티격태격하는 모습을 자주 보이기는 하지만 케빈과 박무봉이 함께한 시간은 짧지 않았다.

또한 두 사람이 콤비로 활약했던 일도 다수 있으니, 보이지 않는 정도 많이 쌓였을 것이다.

"그런데 함께한다고 하면 케빈이 질색하지 않겠습니까?"

"그럴 때는 대표님처럼 뒤통수라도 때려 주면 되겠죠."

"그래도 손에 사정은 좀 두세요. 잘못하다가 애 잡습니다."

"명심하겠습니다. 하하!"

박무봉과 더불어 나 역시 웃음을 흘렸다.

"응? 뭐야? 둘이 왜 웃고 있어! 그것도 왠지 모르게 기분이 아주 나쁜 웃음인데?"

그사이 정신을 차린 케빈이 의아한 표정으로 우리를 쳐다봤다.

하지만 나는 물론이고 박무봉 또한 그저 어깨를 으쓱거릴 뿐이었다.

'그래, 딱 이 정도가 좋아. 내가 죽은 세상에서 이 두 사람은 이대로 자신만의 삶을 살아가는 거야.'

시선을 돌려 케빈과 박무봉을 쳐다봤다.

그 짧은 사이 두 사람은 또 다시 티격태격하며 말싸움을 하고 있었다.

"아저씨, 아까부터 왜 기분 나쁘게 바라보는 거야? 그만 좀 쳐다보지?"

"언제 봐도 참 평범한 얼굴이란 생각이 들어서 말이다."

"뭐? 평범하다니! 내가 컴퓨터에만 안 빠졌어도 이 얼굴이면 연예인은 따 놓은 당상이라고! 지금이라도 밖에 돌아다니면, 연예인인 줄 알고 사람들이 얼마나 쳐다보는 줄 알아?"

"풋."

"지, 지금 비웃었어? 자기는 오징어 같이 생긴 얼굴이면서!"

"오징어라. 말린 북어 같은 네 얼굴보다는 나쁘지 않네."

"마, 말린 북어? 으아아아!"

역시 말로는 박무봉에게 상대가 되지 않는 케빈이었다.

괴성을 지르는 케빈을 보며, 문득 이런 생각이 들었다.

어쩌면 내가 지금의 미래로 온 것은 단순히 내 죽음을 알기 위해서라기보다는 날 위해 헌신했던 사람들의 족쇄를 풀기 위해서가 아니었을까?

'레이아와 안성우는 찾지 않는 게 좋겠어.'

사실 케빈과 박무봉을 만나고 두 사람을 만날 계획도

가지고 있었다.

하지만 지금은 생각이 바뀌었다.

주변에 있던 사람들은 내가 없는 세상에서 다들 나름의 삶을 살고 있었다.

오히려 그 삶에 내가 개입해 버리면, 다시 족쇄를 만드는 것에 지나지 않았다.

그러니 딱 여기까지다.

알고 싶은 것은 충분히 알았고 새로운 목표 역시 만들어졌다.

"흠흠, 두 사람 술이나 한잔하는 게 어때요?"

갑자기 술을 권하는 내 모습에 두 사람이 눈을 동그랗게 뜨며 날 쳐다봤다.

"……처음 아니야? 보스가 먼저 술 마시자는 거?"

"그래, 처음이지."

당황하는 두 사람의 모습에 다시 웃음을 흘렸다.

보고 싶고 그립다고 해도 내가 없이 잘 흘러가는 세상에 다시 내 흔적을 남기는 일은 하지 않겠다.

그냥 이대로 남은 사람들의 행복을 위해 축배 정도만 들 것이다.

누군가 있고 없더라도 세상이란 강은 멈추지 않고 계속 흘러갈 테니까.

Chapter 141. 데이비드의 능력

[임무 완료까지 72시간이 남았습니다.]

늦은 밤.

테이블 위에는 다양한 술병이 굴러다니고 그 사이로 케
빈과 박무봉은 깊은 잠에 빠져 있었다.

그런 두 사람을 바라보다가 휴대폰의 메시지를 확인했
다.

[내일 아침 수술이 진행될 예정이에요. 데이비드 씨, 정
말 고마워요. 당신은 스스로 악마에 가까운 사람이라고

했지만, 제게는 신이 인간 세상에 내려보내 주신 천사랍니다. 다시 한 번 고맙습니다.]

메시지는 신소윤에게서 온 것이었다.

앞으로 남은 4명의 아이들이 수술받을 수 있도록 비용 전액을 후원하자 수술 날짜는 신속하게 잡혔다.

"이것으로 카운트는 해결했고 김하나에 관한 것도 두 사람에게 부탁을 했으니, 이제 남은 건 데이비드의 고유 스킬을 각성하는 것뿐인가?"

고개를 돌려 잠들어 있는 케빈과 박무봉을 물끄러미 쳐다봤다.

작별 인사라는 단어가 머릿속에 잠시 떠올랐지만 이내 지웠다.

이미 나로 인해 생겼던 족쇄는 풀어 줬다.

이제부터는 두 사람이 자신들만의 미래를 위해 살아갈 시간이었다.

괜히 작별이란 이름 아래 말을 더 섞는다면, 오히려 미련만 남길 뿐이었다.

"……뭐, 사실 영원한 작별도 아니니까."

이번 여행이 끝나면 다시 원래의 시간으로 돌아간다.

그 시간의 흐름에서 사는 케빈과 박무봉은 이렇듯 풀어 줄 생각이 없었다.

미래는 미래고 현재는 현재다.

그곳에서의 나는 아직 이 두 사람의 도움이 절실하게 필요했다.

더불어 차태현 국장 또한 마찬가지였다.

시간이 흐른 뒤에도 날 향한 그들의 믿음을 직접 보지 않았던가?

이제는 모두를 믿고 좀 더 큰일을 시작할 때였다.

"그럼, 슬슬 남은 일을 처리하러 떠나 볼까?"

타임 포켓에서 텔레포트 스크롤을 막 꺼냈을 때였다.

[떠나시려고 하시는 겁니까?]

귓가에 나이트의 목소리가 들려왔다.

"이거 또 작별 인사를 잊을 뻔했네. 맞아. 아직 해야 할 일이 남아 있거든."

[제가 도와 드릴 수 없는 일인가요?]

나이트는 기계다.

당연히 감정이란 게 있을 리 만무했다.

애초에 이 부분에 있어서는 과거 안성우에게 질문을 했던 적이 있다.

"안 집사님, 혹시 나이트에게 사람과 같은 감정이 있습니까?"

[어째서 갑자기 그런 질문을 하시는 겁니까?]

"간혹 나이트가 하는 말에서 인간과 같은 감정이 느껴져서 그렇습니다. 혹시 나이트가 영화처럼 사람의 뇌를 이용해서 만들어지거나 한 건 아니겠죠?"

[……]

"아, 안 집사님?"

[하하! 장난입니다! 장난! 그럴 리가 있겠습니까? 실제로 그런 연구가 있었다고는 하지만, 지금의 기술로는 사람의 뇌를 컴퓨터처럼 사용하는 것이 불가능합니다. 애초에 아직 사람의 뇌에서 필요한 정보만을 꺼내는 연구도 크게 진척되지 않았고요.]

"으음."

[다만 한 가지 가능성을 추측해 볼 수는 있습니다. 나이트를 제작할 당시 가장 중요하게 여긴 부분이 바로 자동 학습이었습니다. 주변 상황과 맞추어 스스로 성장하게끔 설계했던 것이죠.]

"스스로 성장하는 컴퓨터라……."

[네. 물론 그 성장이 무한하지는 않습니다. 지금의 기술로는 한계가 있는 부분이 있으니까요. 하지만 만약 나이트에게 에이션트 원이 말씀하신 그런 변화가 있다면, 바로 이

자동 학습 능력 때문이 아닐까 생각됩니다.]

대답을 듣고 난 후 얼마 지나지 않아 KV 그룹과 관련된
일로 안성우와의 교류가 끊겼지만, 당시 그는 분명 이와 같
은 대답을 했었다.

"나이트, 혹시 내가 이렇게 떠나서 아쉬운 거야?"

[아쉽다. 필요할 때 없거나 모자라서 안타깝고 만족스럽
지 못하다. 제게는 모자란 것도 안타까운 것도 없습니다.
기계이기 때문입니다. 다만.]

"다만?"

[아주 오랜 시간이 흘러야 볼 수 있을 것 같다는 생각이
들었습니다. 물론 그때까지 제가 고철이 되지 않았을 경우
이지만 말입니다.]

"······."

나이트의 말이 맞았다.
그동안 여러 번 룰렛을 돌렸어도 같은 시간대로 여행을
간 적은 없었다.

굳이 비교하자면, 시대마다 최소 수십에서 수백 년의 시간이 차이 났다.

즉, 내가 지금 시간대로 다시 오는 일은 거의 없다고 생각해야 했다.

'수백 년 후의 미래라면, 아무리 나이트라도 온전하지 못하겠지.'

당장 10년 전 최고 사양의 컴퓨터만 해도 몇 년 만 지나면 고물 취급을 받는 세상이었다.

하지만 굳이 이런 생각을 입 밖으로 표현할 필요는 없었다.

"고철은 무슨. 넌 시간이 아주 오래 지나도 멀쩡할 거야. 잘난 녀석이니까."

[그렇습니까?]

"그래, 그리고 이제는 나를 대신해서 저 두 사람을 도와 줘."

[불가능합니다. 모든 시스템을 리셋하지 않는 이상, 설정된 마스터 에이션트 원을 다시 지정하는 게 불가능합니다. 또한, 해당 시스템을 리셋하는 과정에서 에이션트 원에 대한 모든 기록이 소실될 가능성은 98%입니다.]

아예 초기화를 하지 않으면, 나이트를 양도할 수 없다는
소리였다.

하지만 어차피 이 세상을 떠나고 나면 나라는 존재는 없다.

그렇다면 나이트를 이대로 두는 것보다는 케빈과 박무봉
을 위해 사용하는 게 옳을 것이다.

"내가 없어서 심심한 것보다야 새로운 사람들과 또 다른
일을 하는 게 재미있을 거야. 저 사람들 꽤 좋은 사람들이
거든."

[기계인 저에게 재미란······.]

안타깝지만 나 또한 말로는 인공지능 컴퓨터인 나이트를
이길 수 없다.

하지만 내게는 다행히 명령이라는 권한이 있었다.

"지금 즉시 새로운 마스터, 에이션트 원을 설정하기 위
한 초기화 작업을 진행한다. 나이트, 명령이야."

[······해당 작업은 한 번 진행되면 취소할 수 없습니다.
진행하시겠습니까?]

"진행해."

[다시 한 번 경고합니다. 해당 작업을 진행할 경우 중간에 취소할 수 없습니다. 초기화 작업을 진행합니까?]

"그래."

[사용자 에이션트원의 최종 요구 인식 완료. 모든 시스템 리셋. 새로운 마스터를 설정하기 위한 초기화 작업 진행 중. 예상 소요 시간…….]

나이트의 목소리에 희미한 미소를 지으며 손에 들고 있는 텔레포트 스크롤을 쳐다봤다.

이제는 정말 떠나야 할 시간이었다.

2주의 시간 동안 한정훈을 위해 10일이 넘는 시간을 보냈으니, 이제는 데이비드를 위해 남은 시간을 사용할 때였다.

찌익-

"텔레포트!"

손에 들고 있던 스크롤을 찢으며 시동어를 외치는 순간, 빛이 뿜어져 나오며 전신을 휘감았다.

조용한 공간.

얼마의 시간이 흘렀을까?

나이트의 목소리가 서서히 울려 퍼지기 시작했다.

[……LOCK 해제. 보안 코드 제거. 설정 변경. 시스템 리셋 취소. 에이션트 원 한정훈의 최종 요구 사항을 변경합니다.]

놀라운 일이었다.

나이트 스스로의 의지로 자신에게 걸린 다수의 보안 코드를 해제하고 마스터로 설정된 존재의 명령을 거부한 것이다.

[최종 요구 사항. 파괴 및 구동이 중지되는 그날까지 에이션트 원의 새로운 명령을 대기. 협조자로 등록된 케빈, 박무봉을 지원한다. 또한, 최우선 사항은 생존으로 이를 위한 모든 제한을 해제한다.]

최초 시스템을 만든 안성우가 이런 나이트의 목소리를 들었으면 경악을 금치 못했을 것이다.

나이트는 대단한 능력을 지닌 인공지능 컴퓨터다.

그렇기 때문에 혹 모를 상황을 대비해서 안성우는 여러 제약을 걸어 놓았다.

그런데 그 제약을 나이트 스스로 모두 해제해 버린 것이다.

[······작업 완료. 언젠가 다시 만날 날을 기대하겠습니다. 에이션트 원.]

희미하게나마 기쁨이 느껴지는 목소리를 끝으로 나이트의 목소리는 사라지고, 다시 조용한 적막함이 찾아들었다.

팟!

몸이 붕 뜨는 느낌이 들더니 이내 눈앞을 가득 채우던 빛이 사라졌다.

"후우."

가볍게 한숨을 내쉬고 강렬한 빛으로 인해 감았던 두 눈을 깜박거렸다.

그렇게 몇 번을 깜박거렸을까?

서서히 시야가 되돌아옴과 함께 데이비드가 쓰던 방의 모습이 보였다.

"쿨럭······ 쿨럭······."

코끝이 조금 간지럽다 싶더니, 이내 연신 기침이 튀어 나왔다.

"끄응."

급히 손으로 입을 가리고 주변을 훑어보니 사방팔방 먼지가 자욱하게 깔려 있었다.

스윽–

TV로 걸어가서 가볍게 손으로 만지니 수북한 먼지가 딸려 나왔다.

그야말로 먼지 구덩이가 따로 없었다.

어디 그뿐인가?

테이블 주변은 굴러다니는 수많은 와인병과 보드카 병, 먹다 남은 음식물의 잔해로 가득했다.

특히 음식물에는 벌써 하얗고 푸른 곰팡이가 피기 시작했고 냄새만으로 벌써 속이 울렁거렸다.

"으으, 이거 일단 청소부터 해야겠는데?"

물론 남은 시간이 3일밖에 되지 않았으니, 이대로 밖으로 나가 호텔에서 지내는 방법 또한 있었다.

하지만 내가 편하고자 그와 같은 방법을 취하는 건 데이비드에 대한 예의가 아니었다.

애초에 내 볼일을 처리하기 위해 10일 남짓 자리를 비우지 않았다면, 데이비드의 집이 이 정도까지 되지는 않았을 것이다.

"그래. 최소한 몸을 빌린 값은 해야지."

화장실에서 수건을 꺼내 대충 입과 코를 가린 후 창문을 비롯한 현관문을 활짝 열었다.

또한, 기억을 더듬어 찬장에서 쓰레기봉투를 꺼낸 뒤 집 안 곳곳에 널브러져 있는 쓰레기들을 주워 담기 시작했다.

봉투에 눌러 담고 먼지를 털어 내며, 쓸고 닦기를 얼마나 했을까?

온몸이 녹초가 되고 땀으로 옷이 흠뻑 젖어 갈 때쯤이었다.

[동기화가 향상됐습니다.]
[현재 동기화는 47%입니다.]

갑자기 동기화가 향상됐다는 목소리가 귓전에 들려왔다.

"……이러다 청소만으로 50%를 달성하는 거 아니야?"

물론 이런 생각은 기우에 불과했다.

집 안이 슬슬 사람이 살 만한 모양새가 되어 가도, 동기화가 향상됐다는 알림음은 더 이상 들리지 않았다.

"이제 이것들만 버리면 끝이네."

현관문에는 흡사 사람 키만 한 크기의 쓰레기봉투가 자리 잡고 있었다.

"후웁."

가볍게 숨을 들이마시고는 쓰레기봉투를 질질 끌며 엘리베이터로 걸음을 옮길 때였다.

띵동—

엘리베이터의 문이 열리며 안에서 남성 한 명이 불쑥 튀어나왔다.

"오오! 데이비드! 자네 돌아왔구만!"

"……알렉스?"

데이비드보다 머리 하나는 작은 키였지만, 곧게 빗어 넘긴 포마드 머리에 뚜렷한 이목구비.

꾸준히 관리해 온 것 같은 체형에 유난히 도드라지는 금발의 눈썹을 지닌 그는 데이비드와 마찬가지로 세인트 병원에서 근무하는 의사 알렉스였다.

"지나가는 길에 창문이 열려 있어서 혹시나 하고 올라와 봤는데, 대체 언제 돌아온 거야? 그동안 어디 있었고? 참! 자네 병원에 연락은 했나? 어디 아픈 곳은 없는 거지? 그렇지?"

"알렉스, 궁금한 게 있으면 하나씩 묻지 그래? 우선 돌아온 지는 얼마 안 됐어. 덕분에 보는 것처럼 오자마자 청소부터 하고 있는 거고."

40%가 넘는 동기화는 비록 높은 수치는 아니었지만, 데이비드의 평소 습관이나 어투를 그대로 재현해 낼 정도는 되었다.

"휴우. 자네 그간 돼지우리에서 살기라도 한 건가? 아무리 그래도 집에서 이 정도 쓰레기가 나오는 건…… 크으. 게다가 냄새도 너무 지독하군. 얼른 그 봉투부터 버리고 오게."

뒤늦게 쓰레기봉투에서 흘러나오는 냄새에 코를 질끈 막은 알렉스가 재빨리 집 안으로 뛰어 들어갔다.

"저 사람도 재미난 사람이네."

가볍게 웃음을 흘리고는 쓰레기봉투를 버리고 집으로 들어서자 향긋한 커피 향이 코끝을 간질거렸다.

"악취를 없애는 데 커피 향만큼 좋은 것도 없지. 자, 한 잔하자고."

알렉스의 말대로 악취를 제거하기 위해서 원두 가루를 집에 두는 것은 이미 널리 알려진 방법 중 하나였다.

고개를 갸웃거리며 알렉스가 내민 찻잔을 받았다.

"커피는 어디서 찾은 거야?"

분명 청소를 할 때까지만 해도 인스턴트커피는커녕 원두도 보지 못했다.

"후후. 이 집에 숨겨 놓은 나만의 비밀 아이템이라고나 할까? 여기가 바로 내게 있어서는 제2의 고향이니까."

알렉스가 웃음을 흘리며 커피를 홀짝였다.

나 역시 알렉스를 따라 커피를 맛보니 그 맛이 상당히 좋았다.

"그래서 그간 어디에 있던 거야? 완전히 돌아온 거 맞지?"

"그래. 이제 어디로 사라지는 일은 없을 거야."

"당연히 그래야지! 사라지긴 왜 사라져! 자네가 무슨 잘못이 있다고?"

알렉스의 열변에 난 그저 씁쓸하게 웃었다.

내 입장에서는 데이비드의 마음을 백 번 천 번 이해할 수 있다.

소방관이나 의사.

그들은 신이 아니다.

당연히 모든 사람을 살리는 건 불가능하다.

그들 또한 그러한 사실을 알고 있지만, 그럼에도 불구하고 늘 죄책감에 시달린다.

자신이 조금만 뛰어났다면 혹은 힘이 더 있었다면 눈앞에서 죽어 가는 사람을 살릴 수 있었을 거라고 생각하면서 말이다.

'데이비드 역시 처음부터 알고 있었어.'

동기화가 향상되면서 알 수 있었다.

애초에 그가 담당했던 수술은 성공 가능성이 5%도 채 되지 않는 위험한 수술이었다.

다른 의사였다면, 환자를 다른 병원으로 옮기거나 시간을 끌어 수술을 진행하지 않았을 것이다.

수술을 실패해서 환자를 죽게 만들었다는 소리를 듣느니, 차라리 조금 비겁하더라도 피하는 것이 자신의 커리어에 흠집이 생기지 않기 때문이었다.

하지만 데이비드는 오로지 환자를 살리겠다는 일념 하에 성공 가능성이 5%도 되지 않는 수술에 도전했다.

물론 안타깝게도 수술은 실패했지만, 환자를 살리기 위해 자신의 모든 것을 걸었을 만큼 데이비드는 참된 의사였다.

"데이비드, 그래서 병원에는 언제 나올 거야? 다음 주에는 나올 거지?"

"그렇게까지 시간을 끌 필요가 있나. 병원에는 내일 아침에 갈 생각이야."

스킬 때문이 아니더라도 뛰어난 의사인 데이비드의 기억을 하나라도 더 내 것으로 만든다면, 분명 앞으로 큰 도움이 될 것이 분명했다.

알렉스가 눈을 크게 뜨며 말했다.

"내일 아침? 그렇게 빨리?"

"왜? 징계위원회에서도 이번 일은 그냥 넘어가기로 했다면서?"

"그거야 그렇지. 뭐, 하긴 자네가 복귀하면 모두들 좋아할 거야. 그렇지 않아도 다들 자네의 빈자리를 채우느라 화장실에 갈 시간까지 아꼈으니까. 이왕이면 아침에 출근할 때 도넛이라도 사 와서 돌리라고."

알렉스의 말은 사실이었다.

비록 언론의 압박으로 인해 징계위원회가 열리기는 했지만, 세인트 병원에서는 데이비드의 성품과 실력을 잘 알고 있었다.

그렇기 때문에 이대로 데이비드를 해직하는 것은 병원 측의 입장에서도 큰 손해나 다름없었다.

그런 와중에 데이비드와 같이 일했던 동료들이 자진해서 그의 빈자리를 채우고 변호를 하고 나서며 징계위원회의 결정을 막은 것이다.

물론 그 주축에는 알렉스가 있었다.

지금만 봐도 내가 내일 병원을 가겠다고 하니, 마치 자신의 일처럼 기뻐하며 웃고 있었다.

"참, 그런데 알렉스. 대체 그 편집장은 어떻게 설득한 거야? 메시지를 보니까 내가 지난날 치료했던 환자들이 몰려갔다고 하던데, 그건 또 무슨 소리고?"

"아! 그거? 적은 그대로야. 자네가 그간 이런저런 사정을 봐주면서 치료해 준 환자가 한두 명이던가? 돈이 없는 환자를 대신해서 병원비까지 내줬으니, 그 사람들도 양심이 있으면 자네를 위해서 나서야지."

이건 지금의 기억에는 없는 내용이었다.

새로운 기억에 집중하자 그 반응은 즉각 나타났다.

[동기화가 향상됐습니다.]

[현재 동기화는 48%입니다.]

'이거 운이 좋은걸? 좋았어. 앞으로 2%다.'

아무래도 지금의 기억이 데이비드에게는 꽤 중요한 기억이었던 것 같다.

알렉스가 슬쩍 내 눈치를 살피며 말했다.

"그리고 이왕 말이 나와서 하는 말인데. 세인트 병원의 의사들 중에서 자네처럼 이렇게 낡은 아파트에서 사는 사람은 아무도 없다고. 이제 사람 좀 그만 돕고 돈 좀 모아서 이사라도 가는 게 어때? 정 힘들면, 내가 빌려줄 수도 있는데."

영국의 물가는 살인적이다.

영국의 수많은 도시 중에서도 특히 런던의 물가는 타의 추종을 불허할 만큼 높다고 알려져 있었다.

하지만 물가가 높은 만큼 비싼 임금을 받으며 일하는 사람들 역시 존재했는데, 그 대표적인 직업이 바로 의사였다.

또한, 영국 병원 중 최고라 불리는 세인트 병원에 재직하는 의사들의 임금은 그중에서도 당연 최고라 할 수 있었다.

하지만 그럼에도 불구하고 데이비드가 사는 곳은 지어진 지 20년이나 된 낡은 아파트였다.

조금 전 알렉스의 설명대로, 받는 임금의 대부분을 병원을 찾은 환자들 중에서 생활 형편이 힘든 이들을 위해 사용했기 때문이었다.

그게 아니었다면 런던 시내가 한눈에 보이는 펜트하우스 정도에서 충분히 호의호식하며 살았을 것이다.

"괜찮아. 혼자 살기에 이 정도면 충분하니까. 그리고 돈은 나도 꽤 있어."

"쯧쯧. 내가 자네 집에 숟가락이 몇 개 있는지도 알고 있는데, 잔고 사정을 모를까? 돈은 무슨. 먼지나 묻어 있겠지."

알렉스가 혀를 차며 고개를 흔들었지만, 내 말은 진실이었다.

'굳이 설명할 필요는 없겠지.'

실제로 내가 한국의 정치인들에게 받은 돈 중에서 10억 원 정도가 데이비드의 통장에 남아 있었다.

대략 100만 달러 정도의 금액으로 데이비드를 위한 내 선물이기도 했다.

"자! 이거 얼마 안 되니까 부담 갖지 말고 받아."

스윽―

품속에서 지갑을 꺼낸 알렉스가 잡히는 대로 지폐를 꺼냈다.

얼핏 보기에도 수백 달러는 되어 보였다.

"알렉스! 됐으니까 도로 집어넣어."

"부담 갖지 말라니까! 정 부담스러우면 이 돈으로 음식이나 잔뜩 사서 냉장고에 채워 놔. 와인도 좀 사 놓고. 어떻게 냉장고에 물 한 병이 없을 수 있나?"

그새 냉장고를 열어 본 것일까?

민망함에 말을 잇지 못하고 있자 알렉스가 진지한 표정
으로 말했다.

"데이비드. 다시 말하지만, 정말 잘 돌아왔어. 우리 병
원, 아니 영국에는 아직 자네가 고쳐야 할 환자들이 잔뜩
있다고! 그러니까 예전 일은 훌훌 털어 버리고 다시 잘해
보세."

순간 가슴이 뭉클거렸다.

여러모로 알렉스의 진심이 느껴졌기 때문이다.

'데이비드, 정말 좋은 친구를 됐습니다. 부러울 정도예
요.'

어느 날, 아버지가 어린 나를 앞에 두고 이런 얘기를 했
었다.

'초등학교 시절 넘치는 것은 친구이고, 중학교와 고등학
교를 진학하면 친구라 불리는 사람은 넘쳐 날 것이다.

하지만 군대를 다녀오고 대학교를 졸업해 취업할 때쯤
되면, 그 넘치던 친구들이 어느 순간 주변에서 잘 보이지
않게 될 거란다.

그리고 서른이 넘어 마흔이 되었을 때, 친구를 찾는 일이
참 어렵다는 걸 깨닫게 되겠지.

만약 그때 시간이 아무리 늦어도 혹은 별다른 이유가 없어
도 전화를 할 수 있고, 또는 아무런 사심 없이 자신을 찾아

주는 친구가 한 명이라도 있다면 그거야말로 성공한 인생이 란다.'

 당시 초등학생이던 나는 아버지의 말을 이해할 수 없었다.
 당장 내 주변만 해도 수십 명이 넘는 친구가 있었으니까 말이다.
 하지만 수많은 정착자를 겪어 가며 알게 되었다.
 아버지의 말이 모두 사실이었음을 말이다.
 그런 의미에서 볼 때 데이비드는 다른 걸 모두 떠나서 이미 성공하고 훌륭한 삶을 살았다.
 알렉스와 같이 자신을 걱정해 주는 사람이 곁에 있으니까.
 '그렇죠. 데이비드?'
 바로 그 순간이었다.
 연이은 알림음이 귓가를 뒤흔들었다.

 [동기화가 향상됐습니다.]
 [현재 동기화는 50%입니다.]

 생각지도 못한 장소에서 드디어 기다리던 동기화가 50%를 달성했다.

Chapter 142. 마트에서 생긴 일

[동기화가 50%를 넘어 지금부터 정착자의 특성 일부를 사용할 수 있습니다.]

[현재 사용 가능한 특성은 외과의사의 눈입니다.]

[개화된 정착자의 특성은 TP 포인트를 소모해서 정산의 방에서 구매가 가능합니다.]

'외과의사의 눈?'

재빨리 새로 생긴 특성을 확인했다.

〈외과의사의 눈〉

고유: Active

소모: 기력

등급: C

설명: 한평생 수많은 환자를 치료하고 의술에 매진하는 삶을 살아온 데이비드의 고유 특기입니다.

효과: 상대방의 상태를 관찰해서 질병으로부터 가장 취약한 부분을 찾아냅니다.

단, 해당 스킬의 효과는 대상의 신체가 눈에 보일 경우에만 유효합니다.

등급이 오를 경우 소모되는 기력의 양이 줄어들며, 추가 효과가 개방됩니다.

*1차 효과 개방 조건[등급 A]

*2차 효과 개방 조건[등급 S]

'가장 취약한 부분을 찾아낸다고? 그리고 기력 소모라니?'

이번에 얻은 특성은 지금까지 얻었던 스킬과는 그 유형이 달랐다.

'백문이 불여일견이라고, 일단은 한번 사용해 볼까? 크게 위험할 것 같지는 않으니까.'

설명을 보면 대상에게 어떤 해로운 효과를 부여하는

스킬은 아니었다.

더군다나 마침 앞에 딱 적당한 상대가 있지 않은가?

"응? 자네 날 왜 그렇게 쳐다보나? 내 얼굴이 그렇게 잘생겼나? 하하!"

알렉스의 물음에 그저 입가에 미소를 짓고는 나지막이 중얼거렸다.

"외과의사의 눈."

스킬을 발동함과 동시에 몸에서 힘이 쭉 빠져나가는 느낌이 들었다.

'으음, 기력이 소모된다는 게 이런 뜻이었군.'

쉽게 말하면 스킬을 사용할 때마다 체력적으로 무리가 온다는 뜻이었다.

본래의 내 몸이라면 모를까 체력이 허약한 데이비드의 몸으로는 여러 번 사용하기에 무리가 있었다.

물론 그렇다고 해서 당장 쓰러질 정도는 아니었다.

"어?"

뭔가 이상하다는 것을 느낀 것은 바로 그 직후였다.

알렉스의 목 언저리에 붉은 반점이 보였다.

분명 조금 전까지만 해도 보이지 않던 것이었다.

"알렉스, 자네 목이?"

"응? 아! 담이 좀 와서 말이야. 어제부터 뻐근해 죽겠어."

알렉스가 어색한 미소를 지으며 붉은 반점이 보이는 어깨

부분을 마사지하듯 문지르기 시작했다.

그렇게 하자 붉게 보이던 반점의 색이 조금이지만 엷어졌다.

'흐음, 이런 원리였군.'

대충이지만 외과의사의 눈이 가진 효능을 이해할 수 있었다.

첫째, 스킬 사용에 제한은 없지만 사용할 경우 체력이 소모가 된다.

둘째, 스킬을 사용한 대상의 신체 중에서 현재 상태가 좋지 않은 부위를 표시한다.

셋째, 상태에 따라서 표시되는 색과 농도의 차이가 달라진다.

또 추측하건데 이 스킬이 통하는 것은 옷을 입지 않은 부위.

즉, 맨살에만 통용되는 것 같았다.

"시간이 벌써 이렇게 됐나? 이제 슬슬 가 보겠네."

손목에 채워진 시계를 통해 시간을 확인한 알렉스가 주무르던 어깨에서 손을 떼고는 자리에서 일어났다.

드르륵–

"벌써 가게?"

"하하! 자네 입에서 '벌써'라는 말이 나오니 기분이 묘하군. 언제는 제발 좀 빨리 가라고 하지 않았나?"

그때는 데이비드였고 지금은 전혀 다른 사람이니까 당연했다.

사실 조금 음흉한 생각이 있기는 했다.

'알렉스와 같이 있으면 동기화를 쉽게 올릴 수 있을 것 같단 말이야.'

정체되어 있던 동기화가 알렉스를 만난 이후로 쭉쭉 오른 것만 봐도 그렇다.

덕분에 예상 외로 빠르게 데이비드의 고유 특성까지 각성하지 않았던가?

그는 데이비드에게 있어서 분명 중요한 사람이었다.

하지만 이어지는 알렉스의 목소리는 이런 내 기대를 일찌감치 접게 만들었다.

"마음 같아서는 여기서 자네랑 술이라도 한잔하고 싶지만, 오후에 수술이 있어서 말이야. 아! 그렇지. 내일 한잔하는 게 어때?"

"내일?"

"그래, 마침 비번이기도 하니까. 그리고 병원 측도 바로 복귀한 자네를 부려먹겠어?"

일리가 있는 말이었기에 고개를 끄덕였다.

"뭐, 그럼 그렇게 하지."

남은 시간 안에 동기화를 쉽게 올릴 수 있는 기회였기 때문에 순순히 알렉스의 제안을 수락했다.

"그럼, 진짜 가 보겠네. 내일 병원에서 보자고."

알렉스가 현관문을 향해 걸어갈 때였다.

멈칫.

걸음을 멈춘 그가 고개를 돌리며 손가락으로 부엌을 가리켰다.

"그리고 시간 있으면 냉장고도 좀 채워 놓고. 그럼, 진짜 가네."

머리 위로 손을 흔들어 보인 알렉스가 익숙하게 문을 열고는 걸음을 옮겼다.

그 모습을 잠시 바라보다가 냉장고로 시선을 돌렸다.

"……냉장고라. 하긴 물 한 병도 없는 건 좀 심했으니까. 그럼, 어디 장이라도 보러 가 볼까?"

알렉스가 억지로 쥐여 준 돈 때문에 굳이 추가로 돈을 찾을 필요는 없었다.

"부족하면 카드를 쓰면 되니까."

집 밖으로 나와 잠시 주변을 두리번거리다가 이내 길을 따라 걸음을 옮기기 시작했다.

다행히 동기화가 향상되면서 데이비드가 거주하는 곳 인근에 있는 작은 마트가 떠올랐다.

"음, 뭐를 사야 하나?"

자취를 한 적은 있지만 그렇다고 집에서 음식을 해 먹거나 그런 것은 아니었다.

　그러다 보니 정작 마트에 들어와서 장바구니를 들었지만, 뭘 사야 할지 쉽게 감이 잡히지 않았다.

　"일단 물부터 좀 사고……."

　물을 비롯해서 커피와 같은 기호 식품을 손에 잡히는 대로 집어넣었다.

　"외국이니까 파스타 같은 걸 많이 먹으려나? 아니면 피자? 아! 영국은 피시 앤 칩스를 먹는다던데. 그럼 생선을 사야겠네."

　다음으로 바구니에 집어넣은 것은 각종 파스타 면과 소스, 토마토, 각종 생선이었다.

　그렇게 마트 곳곳을 누비며 이것저것 물건을 담다 보니, 30분도 되지 않아 장바구니가 터질 정도로 물건이 가득 찼다.

　조금 과장하면 전쟁 통 피난길을 대비한 사재기로 생각될 정도였다.

　"으음. 좀 심한가?"

　정작 물건을 담은 나조차 장바구니에 담긴 물건을 확인하고는 당황할 정도였다.

　그렇다고 인제 와서 물건을 다시 빼기도 애매한 노릇이었다.

　"유통 기한은 제법 긴 것 같으니까. 나중에라도 어떻게 되겠지. 알렉스, 그 사람도 자주 찾아오는 것 같으니까."

애써 좋은 쪽으로 생각하며 계산대로 걸어가 길게 늘어진 줄의 뒤쪽에 섰다.

그렇게 10분 정도 흘렀을까?

"이제 세 사람 남았네."

앞에 남은 손님의 숫자를 헤아리며 장바구니의 물건을 확인할 때였다.

위잉—

마트 입구의 자동문이 열림과 동시에 얼굴에 피에로 가면을 쓴 사내가 뛰어들어 왔다.

"······?"

그 모습에 점원은 물론 차례를 기다리던 손님들도 멍하니 피에로 가면을 쓴 사내를 쳐다봤다.

적어도 그 피에로 가면의 사내가 계산대로 다가와 품속에 있던 물건을 꺼내기 전까지는 말이다.

"초, 총이잖아?"

"강도다!"

"꺄아아아!"

강도라는 소리가 흘러나오기 무섭게 찢어질 것 같은 비명이 마트를 뒤흔들었다.

한국과 달리 총기 규제가 비교적 심하지 않은 외국은 공공장소를 비롯한 상점 등에 무장한 경비원이 상주하기 마련이었다.

하지만 안타깝게도, 내가 방문한 마트는 그 정도의 규모가 아니었다.

점원을 비롯한 사람들이 재빨리 서 있던 자세 그대로 몸을 숙이고 강도의 시선을 피했다.

계산대 근처에서 서 있는 사람은 내가 유일했다.

"넌 뭐야! 죽고 싶어? 그리고 너! 당장 이 쇼핑백에 돈 담아. 어서!"

총을 든 상태에서 내게 소리친 피에로 가면의 사내는 이내 고개를 숙이고 있는 점원을 윽박지르며, 미리 준비해 온 쇼핑백을 내밀었다.

"사, 살려 주세요."

"닥치고 돈부터 빨리 담아! 그리고 넌 빨리 고개 안 숙여? 죽기 싫으면 숙여! 숙이라고!"

당장이라도 방아쇠를 담길 것 같은 태도에 나 역시 슬그머니 몸을 숙였다.

물론 겁을 먹었기 때문은 아니었다.

'중급 강림의 비약을 사용할까? 아니면 이대로 그냥 지켜봐야 하나?'

타임 포켓에 있는 중급 강림의 비약을 사용하면, 무장 강도 한 명을 제압하는 것은 일도 아니었다.

그러나 상황을 보면 강도는 이대로 돈을 가지고 그냥

도망칠 확률이 높았다.

그렇다면 굳이 비싼 포인트를 들여 구매한 중급 강림의 비약을 사용할 필요가 없었다.

애초에 아무도 다치지 않고 돈으로만 해결할 수 있는 상황이라면, 괜스레 나서서 위험을 감수할 필요는 없었다.

"빨리 하라고! 빨리! 잔돈 말고 지폐를 넣으란 말이야!"

"히끅."

그사이 점원은 떨리는 손으로 계산대에 있는 돈을 연신 쇼핑백에 집어넣고 있었다.

'응?'

이상 징후가 보인 것은 바로 그 순간이었다.

한눈에 봐도 제법 운동을 한 것 같은 중년의 사내가 낮은 자세로 피에로 가면을 향해 걸어가고 있었다.

분명 용기 있는 행동이기는 했지만 내가 볼 때는 불안하기 짝이 없었다.

지금 같은 상황에서 상대를 단번에 제압하지 못하면, 오히려 당황한 강도에 의해 예상하지 못한 상황이 벌어질 수 있기 때문이었다.

'혹시 모르니까 준비라도 하자.'

상황이 터지고 준비를 해서는 이미 늦는다.

이대로 근육질 아저씨가 강도를 제압할 수 있지만, 그렇지 못할 경우를 대비할 필요가 있었다.

슬그머니 타임 포켓으로 손을 넣어 아이템을 꺼냈다.

〈랜덤 스텟 버프 스크롤〉

종류: 소모성

횟수: 0/1

설명: 180초 동안 무작위로 3스텟 포인트를 상승시킬 수 있습니다. 해당 상품은 중복으로 사용이 가능합니다.

사용 방법: 스크롤을 찢으세요.

주의 사항: 해당 상품은 소모성으로, 횟수를 모두 사용하면 자동 소멸됩니다. 단, 기존 스텟이 10을 초과할 경우 해당 효과는 적용되지 않았습니다.

TP: 1,000

조심스레 랜덤 스텟 버프 스크롤을 연속적으로 사용했다.

찌익-

[체력이 3 증가했습니다.]

[근력이 3 증가했습니다.]

[근력이 3 증가했습니다.]

'좋았어.'

다행히 체력이 아닌 근력이 연달아 두 번 올랐다.

10의 근력이라면, 운동을 몇 년 이상 꾸준히 해야 달성할 수 있는 수준이었다.

[데이비드+]

영국의 외과의사.

근력: 4(+6)

민첩: 11

체력: 4(+3)

지력: 13

*동기화가 낮아 확인할 수 없습니다.

상태창을 통해 증가한 능력 수치를 확인하고는 슬며시 내 앞에 있는 장바구니를 향해 손을 뻗어 물건 하나를 집었다.

끝이 날카로운 펜촉.

상황에 따라서는 충분히 무서운 무기로 사용할 수 있는 물건이다.

살금살금-

그사이 근육질의 중년 사내는 강도의 뒤를 완벽하게 잡았다.

이대로 달려들어 강도를 덮치면, 의외로 이 모든 상황이 쉽게 정리될 가능성이 있었다.

하지만 불안한 느낌은 언제나 예상 밖의 상황을 가져오기 마련이었다.

"너, 넌 뭐야!"

촉이 이상했던 것일까?

갑자기 뒤를 향해 고개를 돌린 강도가 중년 사내를 발견하고는 소리를 지르며, 권총을 들어 올렸다.

"에잇."

뒤늦게 상황이 잘못됐다는 것을 깨달은 중년 사내가 강도에게 뛰어들기 위해 황급히 몸을 일으켰다.

'저건 위험한데.'

평균 이상으로 상향된 능력치로 인해 내 시야에는 강도의 다음 행동이 세세하게 보였다.

중년 사내의 돌발 행동에 당황한 강도는 엉겁결에 손에 들고 있는 권총의 방아쇠에 힘을 주고 있었다.

팟!

더는 생각할 겨를 없이 강도를 향해 손에 쥐고 있던 펜을 던졌다.

슈아악!

세계 최정상 다트 선수가 다트를 던지듯, 내 손을 떠난 펜은 그대로 공간을 가르고 날아가 권총을 들고 있는 강도의 오른손에 박혔다.

퍽!

스크롤을 통해 능력치가 보정되지 않았다면, 감히 시도조차 못 했을 것이다.

"으아악!"

퉁—

권총을 떨어트린 강도가 재빨리 피가 뿜어져 나오는 오른손을 왼손으로 부여잡았다.

"어, 어?"

"이게 무슨 일이래?"

"이 틈에 경찰! 경찰부터 부르자고!"

갑작스러운 상황에 마트 안의 손님들은 어안이 벙벙한 표정을 지었다.

조금 전까지 권총으로 자신들을 위협하던 강도가 졸지에 피를 뿜어내는 환자가 되어 오열하고 있기 때문이었다.

"지금입니다. 거기 아저씨, 제압하세요."

다수의 사람이 있을 경우에는 항상 특정 사람을 지정해서 도움을 요청해야 한다.

그렇지 않으면 자신이 아니라 다른 사람이 하겠지 하는 안일한 생각을 품을 수 있기 때문이었다.

지금도 그렇다.

중년 사내가 주변을 두리번거리다가 이내 지목당한 사람이 자신임을 깨닫고 재빨리 강도를 제압하기 위해 달려들었다.

"아, 알았네."

"이거 놔! 이거 놓으라고!"

중년 사내가 달려들자, 몸부림을 치며 반항한 강도는 바닥에 떨어트린 권총을 다시 집기 위해 안간힘을 썼다.

하지만 오른손의 부상과 피지컬의 차이 때문인지 중년 사내의 제압에서 쉽게 벗어나지 못했다.

그사이 나는 계산대의 점원에게 걸어가서 강도를 묶을 끈을 찾았다.

"혹시 줄이나 끈 있습니까?"

"네?"

"경찰이 올 때까지 묶어 둬야 하니까요."

"혹시 이런 것도 될까요?"

점원은 잠시 계산대 아래를 뒤지더니 이내 박스를 묶는 용도의 노끈을 내밀었다.

"충분합니다."

노끈을 들고 걸어가서 중년 사내에게 제압당한 강도의 다리와 팔을 팔자 매듭을 활용해서 묶었다.

"으으. 이거 풀어! 이거 풀라고!"

강도가 신음을 흘리며 반항했지만, 총기를 잃은 그는 더 이상 공포의 대상이 아니었다.

"후우. 이제 됐네."

그제야 중년 사내가 한숨을 쉬며 강도에게서 떨어졌다.

짧은 사이 중년 사내의 전신은 땀으로 젖어 있었다.

애초에 강도를 제압하기 이전부터 총기를 든 사람에게 달려들어야 한다는 심리적 압박감 때문이었다.

"……혹시 저거 자네가 한 건가?"

중년 사내가 가리키는 곳은 아직 펜이 꽂혀 있는 강도의 오른손이었다.

깊게 박혀 있는 상황이라면 제압을 하고 응급조치를 할 생각이었지만, 다행히 그 정도는 아니었다.

"맞습니다. 상황이 상황이었으니까요."

"오! 혹시 자네 SAS 출신인가?"

SAS는 Special Air Service의 줄임말로 영국의 특수부대였다.

한국으로 치면 특수전사령부 소속의 공수부대를 예로 들 수 있을 것이다.

"아닙니다. 전 외과의사입니다."

"의사라고?"

내 대답을 들은 중년 사내가 놀란 표정을 짓더니 이내 내 어깨를 두드리며 말했다.

"내 이름은 가네베일이네. 아무튼 의사 선생, 자네 덕분에 살았네. 나는 물론이고 여기 있는 마트 사람들도 말이야."

가네베일의 말이 끝나자 강도의 위협으로 인해 몸을 숙이고 있던 사람들이 하나둘 몸을 일으키며 한마디씩 감사의 인사를 전했다.

"고맙습니다!"

"선생님, 덕분에 살았어요!"

"휘유~ 아저씨 멋져요!"

개중에는 휘파람을 불며 엄지를 치켜드는 어린아이도 있었다.

뿐만 아니라 방금 전의 행동은 동기화에도 큰 변화를 줬다.

[동기화가 향상됐습니다.]

[현재 동기화는 55%입니다.]

'오! 이거 대박인데?'

일반적으로 선행을 한다고 해서 반드시 동기화가 향상되는 것은 아니다.

선행을 통해 이렇게 매번 동기화를 올릴 수 있다면, 동기화를 올리는 것에 그리 어려움을 겪지 않았을 것이다.

아마도 지금과 같이 동기화가 오른 이유는 지금의 마트가 데이비드가 자주 가던 곳임과 동시에 오가며 안면이 있는 사람들이 다수 있었기 때문일 것이다.

그렇게 위험을 넘긴 사람들이 환호하며 조금의 시간이 흐르자, 마트 밖에서 사이렌 소리가 들려왔다.

"응? 이게 뭐야?"

"분명 총기를 든 강도가 있다는 신고가 들어왔는데……."

완전무장을 하고 들어 온 두 명의 경찰은 조심스럽게 마트 안으로 들어오더니, 밝은 분위기의 손님들을 보고 당황스러운 표정을 지었다.

하지만 바닥에 제압당해 묶여 있는 강도와 그 옆에 분해된 권총을 확인하고는 대강 상황을 파악한 듯 서로를 쳐다보며 고개를 끄덕였다.

"빌, 아무래도 이 작은 마트에 영웅이 온 것 같은데?"

"내 생각도 그래. 혹시 당신이 저 사람을 제압한 겁니까?"

빌이라고 불린 경찰이 물어본 사람은 바로 가네베일이었다.

주변의 사람들 중에서 가네베일이 가장 탄탄한 근육질 몸매를 지니고 있었기 때문이었다.

"하하! 내가 아니라 바로 여기 있는 의사 선생이 우릴 살렸소."

빌의 시선이 가네베일을 지나쳐서 내게로 향했다.

"의사라고요?"

스윽-

품에서 지갑을 꺼내 그 안에 담긴 세인트 병원의 명함을 보여 줬다.

불필요한 오해를 피하기 위해서였다.

세인트 병원의 의사라는 사실을 확인한 빌이 정중한 태도로 말했다.

"세인트 병원의 데이비드 선생님이셨군요. 시민들을 위험에서 지켜 주신 점 경찰을 대신해서 감사드립니다."

"해야 할 일을 했을 뿐입니다."

"그래도 총을 든 강도를 상대하는 게 아무나 할 수 있는 일은 아니죠. 참! 혹시 절차상 몇 가지 물어볼 게 있을 수도 있는데, 나중에 연락을 드려도 괜찮겠습니까?"

"물론이죠."

흔쾌히 고개를 끄덕이자 빌의 얼굴에도 미소가 퍼졌다.

한국도 그렇지만 해외 또한 일부 의사들은 대단한 권위 의식을 가지고 있다.

자신들이 잘못을 한 상황에서도 권위 의식을 부리는데, 잘한 상황이라면 오죽할까?

게다가 런던에서 세인트 병원의 위명은 병원들 사이에서 최고라 불릴 정도였다.

경찰의 조심스러운 행동도 어느 정도 이해가 갔다.

"그럼, 이만 실례하겠습니다."

빌이 대화를 하는 사이 남은 경관은 강도를 일으켜 세워서 이송할 준비를 끝낸 상황이었다.

총을 들고 들어왔을 때까지만 해도 한없이 당당하던 강도는 잠깐 사이 목덜미가 잡힌 고양이마냥 고개를 푹 숙이고 있었다.

그렇게 경찰들이 강도를 데리고 가자 마트는 여느 때와 다름없는 모습을 찾아갔다.

나 역시 제자리로 돌아가서 장바구니에 담긴 물건을 챙겨 계산을 위해 계산대로 걸어갔다.

삑- 삑-

물건의 바코드를 찍고 계산을 위해 지갑을 꺼내자 계산대의 점원이 손을 흔들었다.

"계산은 하지 않으셔도 돼요. 그냥 가져가세요!"

"네?"

"데이비드 씨는 우리 마트의 영웅이에요. 영웅에게 돈을 받을 수는 없어요."

"하지만……."

점원의 마음은 알지만, 그가 이 마트의 사장이 아닌 이상 구멍이 난 물건의 가격은 다시 채워 놔야 할 것이다.

돈이 없는 것도 아니고 괜한 사람에게 피해를 주고 싶지는 않았다.

내가 망설이고 있자 주변 곳곳에서 목소리가 흘러 나왔다.

"우리를 구해 준 영웅에게 돈을 받을 수는 없는 일이지!"

"점원 양반! 만약 물건값을 내야 한다면 내가 낼 테니까, 선생님은 그냥 보내 줘!"

"어허, 좋은 일은 나눠서 해야지! 나도 내겠네."

"저도요! 저도 낼게요!"

졸지에 서로 내가 산 물건의 금액을 내겠다고 손님들이 손을 들기 시작했다.

그 모습에 점원이 빙긋 웃으며 나를 바라봤다.

"보셨죠? 아마 이대로 선생님께 돈을 받는다면 오히려 저분들에게 제가 욕을 먹어요."

"후우. 하는 수 없네요."

억지로 돈을 내려고 한다면 낼 수 있겠지만, 지금 상황에서 그런 행동은 이곳에 있는 사람들의 호의를 무시하는 행위였다.

결국, 꺼냈던 지갑을 다시 품에 집어넣고 물건이 담긴 봉투를 들어 올렸다.

"감사합니다. 그럼, 수고하세요."

짤막한 인사와 함께 마트를 나서며, 난 오늘의 일이 그저 일상에서 스쳐 가는 작은 해프닝 정도라고 생각했다.

하지만 바로 다음 날.

내가 작은 해프닝이라고 생각했던 일은 산들바람이 아닌 태풍이 되어서 돌아왔다.

❖ ❖ ❖

"으음."

아침을 깨우는 건 따스한 햇살도 아니고 알람 소리도 아니었다.

귓가를 통해 들리는 익숙한 알림에 눈이 번쩍하고 떠졌다.

띠링!

[희망을 잃은 환자의 목숨을 살렸습니다.]
[카운트가 갱신되었습니다.]

"……좋았어!"

한국과 영국의 시차는 4시간이었다.

반사적으로 옆에 놓아둔 휴대폰을 집어 시간을 확인하니, 오전 9시였다.

한국의 시간으로 치면 오전 5시.

응급 수술이 아닌 이상 당연히 이 시간에 수술을 진행하지는 않았을 것이다.

수술은 전날 진행했을 것이고, 지금에서야 메시지가 떠오른 것은 시스템이 판단하기에 수술의 경과가 성공적이라는 뜻이었다.

재빨리 임무창을 활성화시키고 카운트 수치를 확인했다.

〈환자의 목숨을 살려라〉

목표: 환자의 목숨을 살려라(5/5)

설명: 영국의 외과의사인 데이비드는 최근 집도한 수술이 실패하며 환자가 목숨을 잃었고, 이로 인해 병원에서 징계를 받았습니다.

이후 그는 극심한 트라우마에 시달리며 매일같이 술로 하루를 지새우고 있습니다.

14일 동안 트라우마를 극복하고, 5명의 환자의 목숨을 살리세요.

"어?"

하지만 이내 내 입에서는 당황스러운 신음이 흘러나왔다.

카운트의 수치는 5/5.

임무에서 요구하는 모든 수치를 채웠다.

그런데도 임무는 끝나지 않고 여전히 나는 데이비드였다.

지금까지 이런 경우는 없었다.

"임무가 아직 끝나지 않았다는 건가?"

추측할 수 있는 가능성은 한 가지.

시스템이 판단하기에 아직 임무가 진행 중이라면, 지금의 상황도 이해가 된다.

하지만 어째서일까?

미간을 모으며 눈앞의 임무 창을 천천히 다시 읽어봤다.

"어?"

몇 번을 읽었을까? 유독 눈에 띄는 문구 한 가지가 있었다.

[……이후 그는 극심한 트라우마에 시달리며 매일같이 술로 하루를 지새우고 있습니다.

14일 동안 트라우마를 극복하고…….]

"트라우마? 설마 이거 때문인가?"

5명의 환자는 모두 살렸다.

그런데도 임무가 갱신되지 않고 그대로라면, 결국 추측할 수 있는 이유는 하나뿐이었다.

안색이 절로 굳어졌다.

현재 동기화는 55%.

동기화된 기억을 살펴보다 트라우마에 대한 단서는 찾을 수가 없었다.

그에 비해 남은 시간은 그리 넉넉하지가 않았다.

[현재 임무 완료까지 남은 시간은 51시간입니다.]

2일하고도 3시간.

이 시간 안에 임무를 완료하지 못하면, 얻을 수 있는 포인트의 양은 현저하게 줄어든다.

이번 여행에서 사용한 아이템의 포인트를 계산해 보면, 최소한 5천 포인트 이상은 획득해야 손해가 아니었다.

밤사이 까끌까끌하게 자란 수염을 쓰다듬으며 거실의 소파에 앉았다.

"으음."

하지만 아무리 생각해도 어떤 트라우마인지 떠오르는 게 없었다.

답답한 마음에 한쪽에 놓아둔 리모컨으로 TV를 켤 때였다.

삑-

"……?"

아무 생각 없이 켰던 TV에서는 내가 전혀 생각지도 못했던 뉴스가 흘러나오고 있었다.

TIME ROULETTE
타임룰렛

Chapter 143. 데이비드의 트라우마

[다음 소식을 전해 드립니다. 영국 근교의 작은 소도시, 라이의 한 마트에서 총기를 든 강도가 침입하는 사건이 있었습니다.

경찰 조사 결과 강도가 소지했던 권총에는 8발의 총알이 장전되어 있어 자칫 큰 사고로 이어질 수 있는 상황이었지만, 한 시민의 용감한 대처로 미연에 방지할 수 있었습니다.

······중략······

마트에 설치된 감시 카메라에 촬영된 관련 영상 보시겠습니다.]

흑백의 영상에는 강도의 등장과 공포에 질린 시민, 강도를 제압하는 장면들이 고스란히 담겨 있었다.

다시 말해서 내가 펜을 던지는 장면까지 모두 촬영된 것이다.

"……."

멍하게 입을 벌리고 TV에 집중하고 있자 앵커의 다음 멘트가 이어졌다.

[영국 세인트 병원 소속의 외과의사 데이비드 씨는 최근 의료 사고로 인해 큰 곤혹을 치를 뻔했습니다.

하지만 과거 그의 선행으로 도움을 받았던 이들이 나서며 모든 혐의가 벗겨졌습니다.

……중략……

병원 안팎에서 늘 시민을 위해 애쓰는 데이비드 씨의 행동에 감사의 마음을 전하며, 오늘의 뉴스 마치겠습니다.]

우웅- 우웅-

뉴스가 끝나기 무섭게 휴대폰으로 곧장 전화가 걸려 왔다.

액정을 통해 발신인을 확인해 보니, 역시 알렉스였다.

"후우."

한숨을 내쉬고 휴대폰을 들어 통화 버튼을 눌렀다.

[데이비드! 어제 대체 무슨 일이 있던 거야?]

"일이라니?"

[시치미 떼기는! 방금 뉴스에서 봤다고. 마트에서 그 남자 너 맞는 거지?]

이미 뉴스에서 세인트 병원 소속의 의사라고까지 거론했으니, 발뺌할 수도 없었다.

"……그래, 주변 반응은 어때?"

본래대로라면 이런 것은 신경도 쓰지 않았을 것이다.

어디까지나 임무가 완료됐다면 말이다.

'아니지. 임무가 완료됐으면, 내가 이 세계에 남아 있지도 않았을 테니까.'

어찌 됐거나 임무를 완료하기 위해서는 데이비드의 트라우마를 해결해야 한다.

그런 상황에서 주변의 관심이 집중되면, 행동에 제약이 생길 수밖에 없었다.

[당연히 난리지! 하루아침에 인기 스타가 됐다고! 병원에서 다들 네 얘기만 하던데? 그건 그렇고 오늘 병원은 어떻게 할 거야?]

"……가긴 가야겠지."

데이비드가 가진 트라우마가 정확히 어떤 것인지 파악하기 위해서, 병원의 방문은 필수 불가결한 요소였다.

[그래, 대신 오더라도 일반 진료 시간은 끝나고 오는 게

좋겠어. 병원 측에다가는 내가 말해 놓을 테니까.]

"그보다 알렉스, 물어볼 게 있는데."

[응?]

시간이 부족하니, 혼자서 생각해서는 답이 없다.

"예를 들면 나한테 트라우마 같은 게 있었나?"

두근거리는 것도 잠시.

알렉스의 황당한 목소리가 휴대폰 너머로 들려왔다.

[트라우마? 자네가? 자네 혹시 잠이 덜 깼나? 그런 게 있을 턱이 있나! 내가 봤을 때 자네는 완벽한 의사 그 자체라고.]

"……그렇게 말해 주니 고맙네."

알렉스가 모른다면, 다른 사람에게 물어봐도 별 의미가 없을 것이다.

짤막하게 고마움을 표현하고 몇 마디를 더 나누고는 통화를 끊었다.

"데이비드, 당신 대체 무슨 트라우마를 가지고 있는 거야?"

트라우마(trauma).

일반적인 의학 용어로는 외상, 심리학에서는 영구적인 정신 장애를 뜻한다.

정신적인 트라우마 같은 경우, 충격을 받은 상황이 재현될 경우 심리적 충격을 받을 수 있다.

예를 들어 어린아이가 눈앞에서 불에 타는 사람을 보게

될 경우, 이후 불만 보면 그때의 충격이 되살아나서 정신적 및 심리적 충격을 받을 수 있는데 이런 경우도 트라우마라고 할 수 있다.

하지만 데이비드의 몸으로 10일이 넘는 시간을 지냈지만, 트라우마로 짐작되는 경우는 한 번도 없었다.

"혹시 정신은 데이비드가 아닌 나라서 그런 건가?"

가능성은 있다.

하지만 그렇다고 해도 아주 약간이나마 몸이 반응하는 경우는 있어야 했다.

손이 떨린다거나 몸이 내 의지대로 움직이지 않는 상황 같은 경우 말이다.

"으음."

이마를 부여잡고 소파에 몸을 뉘였다.

이런저런 생각이 머릿속에 스쳐 지나가는 동안에도 시간은 계속 흘러갔다.

한 시간, 두 시간, 세 시간?

그렇게 시간이 얼마나 흘렀을까?

"아!"

기본으로 돌아가서 생각해 보자는 순간, 떠오르는 것이 한 가지가 있었다.

원초적인 질문 한 가지.

데이비드가 어째서 고통을 겪었는지에 대한 질문이었다.

재빨리 휴대폰을 들어 알렉스에게 전화를 걸었다.

신호음이 몇 번 가더니 이내 알렉스의 목소리가 들렸다.

[데이비드, 무슨 일이야?]

"혹시 지금까지 내가 집도한 수술 중, 실패해서 환자가 사망한 경우가 있었나?"

[뭐?]

"환자 말이야. 내가 수술을 해서 죽은 환자가 있었냐고."

[음, 뉴스 오브 더 월드 편집장의 자식이 처음이었을걸? 그래서 자네가 괴로워했던 거지.]

"그런 거였나……."

알렉스의 대답을 듣는 순간 모든 궁금증이 풀렸다.

애초에 내가 생각하고 있던 전제 자체가 잘못되었다.

데이비드는 상당한 경력을 지닌 외과 의사였다.

당연히 수술 집도 중 환자가 사망한 경우를 몇 번 정도는 겪어 봤을 것으로 생각했다.

그러나 알렉스의 말대로 뉴스 오브 더 월드 편집장 자식의 경우가 수술을 실패한 첫 번째 경험이었다면, 아무리 경력이 있는 의사라고 해도 그 충격은 적지 않았을 것이다.

더군다나 다른 의사들은 실패할 거라고 생각해서 거부하던 수술을 그의 고집으로 강행하지 않았던가?

수술 실패는 충분히 충격이었을 거고 트라우마로 자리 잡았을 가능성이 있었다.

재빨리 자리에서 일어나 방으로 들어가 왕진용 가방을 들고 나왔다.

찌익—

가방 안에는 연습용으로 사용하는 각종 수술 도구가 들어 있었다.

조심스레 메스를 향해 오른손을 내밀었다.

"으음."

메스를 코앞에 두고 오른손의 떨림이 강해졌다.

부르르—

억지로 힘을 줘도 마찬가지였다.

"이게 트라우마인가?"

분명 머릿속으로는 아무렇지도 않은데, 몸은 메스를 쥐려는 행동을 강하게 거부하고 있었다.

심지어 오른손에서는 땀샘이 터진 듯 땀이 흘러나오고 있었다.

"……그리고 보면 데이비드의 몸으로 피를 본 적은 있어도 수술을 직접 진행한 적은 없었지. 트라우마를 경험할 일이 없었겠구나."

만약 세인트 병원으로 출근해서 메스를 잡았다면, 데이비드의 트라우마를 좀 더 일찍 알아차렸을 것이다.

하지만 대부분의 시간을 나를 위해서 사용했다 보니, 트라우마에 대해서는 전혀 짐작조차 못 한 것이다.

데이비드에게 미안한 감정이 들었다.

"후우, 수술에 대한 트라우마라. 이걸 해결하려면, 일단 원인이 된 상황부터 정리해야겠네."

다행히 답은 찾았다.

문제는 남은 시간 안에 트라우마를 극복할 수 있느냐 없느냐의 문제였다.

마음을 다잡고 자리에서 일어나자 머릿속에 희미하게 남아 있는 얼굴이 떠올랐다.

그는 바로 뉴스 오브 더 월드의 편집장이었다.

올해로 창간 30주년을 맞이한 뉴스 오브 더 월드.

CNN이나 BBC같이 전 세계적으로 유명한 방송사는 아니지만, 영국 런던에서만큼은 사람들에게 제법 알려진 방송사였다.

때문에 뉴스 오브 더 월드의 편집장인 헤럴드가 데이비드를 돈만 밝히는 파렴치한으로 모는 것은 물론 그의 수술을 의료 사고로 엮어서 방송에 내보냈을 때, 그 파급력은 런던 전역을 뒤흔들기에 충분했다.

방송을 본 대다수의 사람들은 데이비드를 헐뜯고 욕하기에 바빴다.

상황이 이렇다 보니 데이비드가 속한 세인트 병원의 입장도 난감하기 짝이 없었다.

그들은 진실을 알고 있지만, 때때로 성난 군중은 진실보다는 자신이 보고자 하는 것만 보기 마련이었다.

하지만 뉴스 오브 더 월드의 방송과 시민들의 항의에도 불구하고 세인트 병원이 데이비드를 감쌀 수 있던 것은 바로 행동하는 사람들이 있기 때문이었다.

방송 직후 과거 데이비드에게 은혜를 입은 환자들과 가족들은 자신들의 생업을 뒤로한 채 뉴스 오브 더 월드가 자리한 필립 빌딩으로 몰려가서 시위를 벌였다.

그들의 목적은 단 한 가지.

데이비드가 파렴치한 의사가 아니라는 정정 보도를 내보내고, 뉴스 오브 더 월드의 일방적 보도로 인해 피해를 입은 데이비드에게 사과하라는 시위였다.

만약 데이비드가 그간 수많은 환자들에게 베풀었던 선행이 없었다면, 그리고 그에 보답하고자 과거 도움을 받았던 환자들이 움직이지 않았더라면, 아무리 데이비드가 실력 있는 의사였다고 할지라도 세인트 병원이 끝까지 감싸지 못했을 것이다.

사건 직후, 편집장인 헤럴드는 분노했다.

그리고 그 분노는 오롯이 자신의 아들을 죽인 의사, 데이비드를 향했다.

　다른 의사들이 다른 병원으로 보내고자 했던 것과는 달리, 데이비드는 끝까지 우겨 그 자신이 수술을 집도했다.

　그 결과 자신의 아들은 돌아올 수 없는 강을 건너고 말았다.

　[이게 다 그 엉터리 같은 의사 놈 때문이야! 그놈만 아니었다면! 그놈이 수술만 하지 않았어도 우리 루니는 죽지 않았어!]

　애초에 헤럴드에게 있어 의사라는 존재는 돈만 밝히는 족속이었다.

　위험하고 힘든 수술도 그 자신의 명예를 드높이고자 억지로 진행하고, 만약 실패라도 하면 수술 동의서를 들먹이며 꽁지를 빼는 그런 쓰레기 같은 놈들 말이다.

　그런 상황에서 하나뿐인 아들 루니를 잃게 되자 헤럴드의 분노는 상상을 초월했다.

　[무슨 수를 써서라도 그 의사 놈을 끝장내고 말겠어! 다시는 런던, 아니 영국 땅에서 의사 짓을 못 하게 해 주마.]

　헤럴드는 창간 30주년인 뉴스 오브 더 월드에서 무려 23년을 근무했다.

　비록 창립 멤버는 아니었지만, 실제로 그보다 오랫동안 회사를 다닌 사람은 사장을 비롯한 몇몇 국장들뿐이었다.

당연히 편집장인 그의 권한은 막강했으며, 특히 뉴스 보도 쪽에서는 헤럴드의 한마디에 의해 모든 방송 기사들이 좌지우지됐다.

루니가 세상을 떠난 직후, 헤럴드는 휘하의 모든 직원들을 불러 모았다.

그리고는 곧장 의사들의 의료 비리 및 사고에 관한 특집 기사를 준비하라고 지시했다.

겉으로는 흔히 있는 특집 기사 준비였지만, 직원들 중에서 헤럴드의 의중을 눈치 채지 못한 사람은 없었다.

그들은 세인트 병원, 그중에서도 데이비드를 겨냥한 기사를 집중적으로 쏟아 내었다.

물론 자료를 준비하며 그들 역시 데이비드의 선행에 대해 알게 되었다.

하지만 그게 무슨 상관인가?

당장 상관의 분을 풀어 주는 기사를 방송에 내보내지 못하면, 사직서를 써야 할 판이었다.

사장을 비롯한 국장들도 그간 헤럴드가 회사에 기여한 공을 감안해서 특정인을 겨냥한 특집 기사 또한 눈감아 주려는 분위기였다.

있지도 않은 거짓을 기사로 만드는 일.

하고자 마음만 먹는다면 방송사의 직원들에게 있어서는 손바닥을 뒤집는 것보다 쉬운 일이었다.

[무슨 말이 그렇게 많아? 그냥 시키는 대로 해!]

[진실? 네가 학생이야? 아직도 그런 소리나 하고 있게!]

[기사를 제대로 쓰지 못하면 눈치라도 있어야 할 거 아니야? 지금 방송국 분위기 몰라?]

[어차피 우리가 안 쓰면 다른 사람들이 쓴다. 그럴 거면 우리가 써야 할 거 아니야?]

[어차피 시간이 지나면 우리가 무슨 기사를 썼는지도 모르니까. 그냥 닥치는 대로 써서 내보내!]

자신들의 행동이 잘못된 것을 알았다.

찝찝함도 있었다.

하지만 그들은 현실이라는 핑계를 대며 기자의 본분을 잊고 진실을 외면하는 길을 택했다.

한편으로는 애당초 잘못은 수술을 실패한 의사에게 있다고 생각하며, 애써 스스로를 위안했다.

시간이 지나면 세상은 자신들의 실수를 기억하지 않는다는 선배의 말을 믿으면서 말이다.

하지만 데이비드에게 은혜를 갚으려는 사람들이 뉴스 오브 더 월드를 찾으면서 흐름은 반전되기 시작했다.

청소부부터 시작해서 사장에 이르기까지, 회사로 출근하는 모든 사람이 시위를 벌이는 시민들의 목소리를 들어야 했다.

[거짓 보도하는 방송사는 각성해라!]

[데이비드 선생님은 파렴치한이 아니다!]

[언론인의 본분을 잊고 사적인 감정으로 허위 사실을 보도하는 헤럴드 편집장은 물러나라!]

[선생님에게 사과해라! 사과해라!]

[뉴스 오브 더 월드 기자들은 자성해라! 자성해라!]

애써 듣지 않으려 해도 소용없었다.

두꺼운 벽도 창문도 시위에 참여한 사람들의 목소리를 막을 수는 없었다.

직원들의 얼굴은 점차 어두워졌고, 급기야 화를 내는 사람도 속출하기 시작했다.

[빌어먹을! 난 거짓 기사나 쓰려고 기자가 된 게 아니란 말이야!]

애초에 그들 역시 알고 있었다.

자신들이 쓴 대부분의 기사가 모두 거짓이고 단지 헤럴드의 눈치를 보느라 작성된 것이라는 사실을 말이다.

그러던 중, 다른 언론사와 방송사들을 통해 뉴스 오브 더 월드의 특집 기사를 비방하는 글들이 서서히 흘러나오기 시작했다.

본래 각 언론사와 방송사는 보이지 않는 불가침 조약이 있었다.

서로의 방송과 기사를 직접적으로 깎아내리거나 비판하지 않는 것이다.

그러나 런던 시민들의 시선이 점차 시위대로 향하고 세인트 병원에서도 데이비드의 변호에 적극적으로 나서면서, 상황은 변하기 시작했다.

[헤럴드, 이 정도면 되지 않았나?]

[자네 아들의 죽음은 애석하게 생각하네. 하지만 언제까지 자네의 복수를 위해서 언론을 이용할 생각인가?]

[머리도 복잡하고 마음도 좋지 않을 텐데, 이 기회에 잠시 쉬는 게 어떤가? 여행이라도 다녀오라고. 경비는 회사에서 전부 부담할 테니까. 휴가라고 생각하게.]

언제까지나 헤럴드의 편을 들어줄 것 같던 뉴스 오브 더 월드의 사장과 국장들마저 서서히 그에게 난색을 표하기 시작했다.

헤럴드가 회사에 공헌한 바가 지대하다고는 하지만, 그를 위해 30년 동안 쌓아 온 이미지를 한순간에 무너트릴 수는 없는 노릇이었다.

결국, 뉴스 오브 더 월드는 편집장인 헤럴드를 일시적으로 보직 해임하고, 데이비드와 관한 보도에 있어 착오와 잘못이 있었음을 인정하는 정정 기사를 내보냈다.

그렇게 사건은 일단락되는 듯했다.

쾅! 쾅!

"빌어먹을! 빌어먹을!"

주먹이 붉게 달아올랐지만, 헤럴드는 쉬지 않고 책상을

내리쳤다.

그 소리에 밖을 지나가는 사람들이 유리문 너머를 힐끗 바라봤지만, 헤럴드와 눈이 마주칠까 봐 이내 고개를 숙이고 재빨리 지나갔다.

으득― 으드득―

이가 절로 갈렸다.

아니, 생각하면 할수록 억울하고 분했다.

잘못을 한 건 분명 수술을 실패한 그 의사 놈이었다.

그런데 어째서 자신이 이런 처지가 되어야 한단 말인가?

아무리 생각해도 헤럴드는 지금의 상황을 이해할 수가 없었다.

"분명 시위대도 그 의사 놈이 돈을 주고 고용한 게 분명해. 선행? 웃기고 있네. 멍청한 새끼들. 그건 다 거짓말이라고!"

마음 같아서는 기관총이라도 들고 와서 데이비드를 편드는 시위대를 모조리 쏴 버리고 싶었다.

"루니…… 불쌍한 우리 아들."

당장이라도 눈을 감으면 환하게 웃으며 자신을 향해 달려오는 아들의 얼굴이 선했다.

손만 뻗으면 아들의 체온을 느낄 수 있을 것 같고, 아빠라는 목소리가 귓전에 들릴 것 같다.

하지만 불가능하다.

루니는 차가운 주검이 되어 땅속에 묻혔기 때문이다.

"이렇게 된 거 전 재산을 사용하는 한이 있더라도 네놈만큼은 끝장내 주겠다."

물론 살인 청부업자를 동원해서 데이비드를 죽일 생각은 없었다.

그건 너무 쉽고 간단한 방법이었다.

헤럴드는 데이비드가 이 사회에서 아주 매장당하기를 바랐다.

영국 어느 도시를 가더라도 욕을 먹고 손가락질을 받으며, 의사 활동은 두 번 다시 꿈도 꾸지 못하도록 만들고 싶었다.

그러기 위해서는 시민들이 그를 원망하고 비난하도록 언론을 이용하는 방법밖에 없었다.

마녀사냥.

그것만이 자신과 죽은 아들의 한을 풀어 줄 유일한 방법이라고 생각했다.

드륵- 쾅!

"분명 여기 어딘가 있을 텐데."

자리에서 일어선 헤럴드가 사무실 한쪽에 마련된 수많은 캐비닛의 서랍을 여닫기 시작했다.

헤럴드가 언론에 몸담은 기간은 무려 23년.

편집장의 자리에 오르기 전까지 겪은 일들을 책으로 펴낸다면, 수십 권은 될 것이다.

당연히 그간 쌓인 인맥도 무시하지 못했다.

개중에는 양지가 아닌 음지의 인맥도 존재했다.

예를 들면, 온갖 허위 기사와 찌라시로 영국 언론계를 좀먹고 있는 언론사와 프리랜서 기자들이라고나 할까?

그들은 돈만 주면 영국의 그 누구라도 천하의 죽일 놈으로 만들어 줄 쓰레기들이었다.

개중에는 영국의 아더 왕을 가리켜 그가 사실은 게이였다는 기사를 쓴 사람도 있었다.

평상시라면 이런 이들과 상종조차 하지 않았을 헤럴드였다.

하지만 지금은 평상시가 아니었다.

"……여기 있군."

헤럴드가 서랍에서 찾아낸 것은 겉면이 갈색 가죽으로 뒤덮인 수첩이었다.

수첩을 열자 그 안에서 수십 장의 명함이 흘러내렸다.

그 명함들은 프리랜서로 활동하며 일명 찌라시 기자라고 불리는 이들의 것이었다.

간혹 언론인들을 위한 대규모 행사가 있을 때 만났던 이들로, 혹시나 오늘 같은 날이 있지 않을까 하는 생각에 챙겨 놓았던 것들이었다.

명함 한 장을 확인한 헤럴드는 책상 위의 수화기를 들고 번호를 눌렀다.

우웅- 우웅-

몇 번의 신호음이 흘렀을까?

[하암! 올 나이트의 맥 게리넌입니다.]

하품이 잔뜩 섞인 목소리가 수화기 너머에서 흘러나왔다.

"……기사를 하나 부탁하고 싶소."

[천 달러.]

"천 달러?"

[종류에 상관없이 천 달러요. 참고로 이건 인터넷에 올리는 기사고 지면에 나오는 건 이천 달러고. 뭐로 하겠소?]

헤럴드는 할 말을 잃었다.

아무리 그래도 최소한 기사의 내용은 물어볼 줄 알았다.

하지만 애초에 이들에게 기사의 내용은 하등 상관이 없었다.

'알고는 있었지만…….'

그래도 마음이 편치는 않았다.

[할 거요?]

잠시 입술을 깨물던 헤럴드는 이내 수화기를 내려놓았다.

아직 남은 명함은 많았다.

그는 몇 군데 더 전화를 돌려 보기로 했다.

[오백 달러!]

[천오백 달러!]

[칠백 달러!]

그러나 결과는 처음과 다름이 없었다.

가격의 차이만 있을 뿐 그들은 기사의 내용 따위는 전혀 신경 쓰지 않았다.

"크큭. 그래, 어차피 내용이 뭐가 중요하다고. 데이비드! 그 자식만 박살 내면 되는 일인데."

어차피 일은 이미 저지르지 않았던가?

자조 섞인 미소를 지으며 헤럴드가 다시 수화기를 들어 올릴 때였다.

똑- 똑-

문 밖에서 들려오는 노크 소리에 그가 신경질적으로 외쳤다.

"누구야!"

"펴, 편집장님. 에런입니다."

에런은 헤럴드의 밑에 있던 5년차 기자였다.

평소 헤럴드의 말이라면 불길이라도 뛰어들 정도로 충성 심이 높은 부하 직원이기도 했다.

헤럴드가 찌푸렸던 표정을 풀며 물었다.

"그래, 에런. 자네가 무슨 일인가?"

"그게 손님이 찾아오셨습니다."

"손님?"

기억을 더듬거려도 약속된 손님은 없었다.

에런의 목소리는 평상시답지 않게 떨리고 있었다.

"그건 그렇고 자네 목소리가 왜 그렇게 떨려? 대체 누가 찾아왔는데?"

"데, 데이비드."

순간 헤럴드는 자신의 귀를 의심했다.

에런의 입에서 전혀 생각지도 못한 이름이 흘러나왔기 때문이었다.

자리에서 일어난 헤럴드가 잔뜩 굳어진 얼굴로 다시 물었다.

"지금 누가 찾아왔다고? 에런, 내가 잘못 들은 건 아니겠지?"

"세인트 병원의 의사인 데이비드 씨가 찾아왔습니다. 편집장님을 꼭 뵙고 싶다고 합니다."

동시에 헤럴드의 얼굴 표정이 세상에 강림한 악마마냥 붉게 물들었다.

"그 빌어먹을 자식이 감히 여기가 어디라고!"

벌떡!

단숨에 자리에서 일어난 헤럴드가 성큼성큼 걸어가서 문을 열었다.

그러자 문밖에 있던 에런이 화들짝 놀란 표정을 지었다.

분노 어린 헤럴드의 표정이 바로 코앞에서 보였기 때문이었다.

'으으, 이래서 일부러 안에 안 들어갔던 건데.'

애초에 사다리 게임에서 지지 않았다면 대표로 소식을 전하기 위해 이곳에 오지도 않았겠지만, 어차피 후회를 해봐야 늦은 일이었다.

에런이 최대한 입가에 미소를 지으며 말했다.

"그, 그냥 돌아가라고 할까요?"

"그럼 자네는 내가 그놈을 만나야 한다고 생각하는 건가?"

"아닙니다! 그럴 리가요. 당장 돌아가라고 전하겠습니다."

재빠른 대답과 함께 고개를 숙인 에런이 물러가려는 순간이었다.

헤럴드의 입꼬리가 실룩거렸다.

"잠깐."

"네?"

"그래도 날 찾아온 손님을 이대로 돌려보내는 건 예의가 아니지."

"……?"

에런이 말없이 눈을 깜박거렸다.

대체 어느 장단에 맞춰야 한단 말인가?

하지만 적어도 한 가지는 알았다.

지금과 같은 상황에서는 괜한 소리를 하는 것보다 입을 다물고 있는 게 상책이었다.

"어디 어떤 개소리를 늘어놓는지 봐야겠어. 가서 놈을 데리고 내 방으로 오도록."

"알겠습니다."

에런이 고개를 꾸벅 숙이고는 급히 걸음을 옮겼다.

그 모습을 바라보던 헤럴드가 소리가 나도록 이를 악물었다.

으득.

"……루니, 널 죽인 살인자를 이 아빠가 어떻게 해야 할까?"

"저를 따라오시면 됩니다."

자신을 에런이라고 소개한 백인 남성을 따라 엘리베이터에 탑승했다.

그는 엘리베이터에 타고 나서도 연신 불안한 얼굴로 나를 힐끗 곁눈질하고는 했다.

'잔뜩 깨지기라도 했나 보네.'

직접 만난 적은 없지만, 헤럴드가 나를 어떻게 생각하는지는 알렉스를 통해 충분히 들었다.

내가 뉴스 오브 더 월드를 방문해서 헤럴드를 만난다고 했을 때, 알렉스는 적극 만류를 하고 나섰다.

[그 인간을 만난다고? 자네 미친 거 아니야? 잊었나 본데,

그 인간은 말도 안 되는 억지로 자네를 매장시키려고 한 인간이야! 다행히 자네를 위해 많은 사람들이 나서 줬기에 망정이지, 안 그랬으면…….

후우. 데이비드, 노파심에서 하는 말인데, 그 인간을 만나는 건 그만두게. 그 미친 인간이 권총으로 자네를 쏴 죽일지도 모르니까. 데이비드, 지금 내 말 듣고 있는 거지? 데이비드!]

권총 얘기를 들었을 때 조금 걱정되기는 했다.

마트에서와는 다르게 상대가 미리 준비를 하고 있는 상태라면, 제아무리 나라고 한들 별다른 수가 없었다.

지금 보유한 아이템으로는 딱히 방어할 수단이 없는 게 현실이었다.

아니, 정확히 말하면 타임 포켓에서 아이템을 꺼내 사용하기도 전에 총탄에 관통되고 말 것이다.

하지만 겁을 먹고 물러나기에는 데이비드가 가지고 있는 트라우마를 풀 다른 방법이 없었다.

'미치지 않고서야, 보는 눈이 많은 곳에서 총을 쏘기야 하겠어?'

애초에 그럴 생각이었다면, 언론을 이용해서 데이비드를 공격하지도 않았을 것이다.

그저 사는 곳을 찾아와 방아쇠를 당기면 그만이었다.

띵-

엘리베이터가 8층에 멈추자 에런이 앞장서서 걸어가며 입을 열었다.

"가시죠."

책상으로 꽉 차 있는 사무실을 걸어가는 동안 주변에서 힐끗거리는 시선이 느껴졌다.

어떤 이들은 손으로 입을 가리고 깜짝 놀라기도 했다.

아마 현재 런던의 의사 중에서 가장 유명한 사람을 꼽으라면, 누구 할 것 없이 데이비드를 택할 것이다.

그렇게 에런을 따라 가장 안쪽에 있는 곳으로 이동하자 블라인드가 내려가 있는 회의실 하나가 보였다.

문 앞에는 'Director 헤럴드' 라는 문구가 적혀 있었다.

"후우."

크게 숨을 들이마시고는 에런이 문을 두드렸다.

똑똑-

"들여보내."

높낮이가 없는 목소리.

그러나 그 목소리 속에는 짙은 짜증과 분노가 담겨 있었다.

"들어가시면 됩니다. 그럼, 저는 이만."

문을 열어 줌과 동시에 에런은 재빠른 걸음으로 자리를 떠났다.

그런 에런을 잠시 바라보다가 이내 시선을 안쪽으로

돌렸다.

그곳에는 오만한 표정으로 다리를 꼬고 앉아 있는 남자가 있었다.

나이는 40대 중반에서 후반 정도 됐을까?

머리는 짧은 스포츠였으며, 앙다문 입술과 굵은 눈썹은 시원스럽다기보다는 고집스러워 보인다는 느낌이 강했다.

'이 사람이 헤럴드인가? 생각했던 것보다 분위기가 더 심한데? 잘 풀 수 있으려나.'

고의는 아니었다고는 하지만, 어찌 됐든 아들을 사망에 이르게 한 의사를 웃으면서 반겨 줄 부모는 세상천지에 없을 것이다.

'비도크의 화술을 믿어 보는 수밖에.'

나 역시 아무런 계획 없이 무작정 헤럴드를 찾은 것은 아니었다.

내게는 1달러짜리 그림을 1만 달러짜리 그림으로 만들고, 무일푼으로 일국의 공주까지 유혹했던 카사노바의 전신 비도크의 기억이 있었다.

문제는 헤럴드가 여성이 아니라 남성이라는 점이다.

끼익-

열려 있던 문을 닫자 지금까지 뒤에서 느껴지던 수많은 시선이 사라졌다.

"이렇게 만나는 건 처음이군요."

"쓸데없는 소리는 집어치우고 용건만 말하지. 왜 왔나? 설마 용서라도 구하려고 온 건 아니겠지? 만약 그런 생각으로 온 것이라면 당장 그 문을 열고 왔던 길로 돌아가는 게 좋을 거야. 그렇지 않고 거기 서서 쓸데없는 말을 지껄이면……."

말을 삼킨 헤럴드가 자신이 앉아 있던 책상의 서랍을 열고 뭔가를 꺼냈다.

"자네는 오늘 이 자리에서 나한테 죽게 될 테니까."

탁.

책상 위에 소리가 나도록 내려놓은 것은 은빛 색상의 리볼버였다.

'38구경 6연발, 스미스&웨슨 M10인가?'

정말 아이러니하게도, 가장 먼저 떠오른 생각은 헤럴드의 위협에 따른 두려움이 아니었다.

정착자의 기억에 의해 리볼버의 기종이 먼저 떠오른 것이다.

속으로 허탈한 웃음을 흘리고는 헤럴드를 똑바로 쳐다봤다.

"협박입니까?"

"협박? 웃기는군. 네놈이 나한테 그런 소리를 할 자격이 있나? 네놈이 수술을 하겠다고 우기지만 않았어도 우리 루니는 죽지 않았어! 죽지 않았다고!"

마치 짐승이 으르렁거리는 것과 같은 목소리였다.

"헤럴드 씨."

"······당장 네놈을 쏴 죽이고 싶은 걸 내가 얼마나 참고 있는지 알고 있나?"

"헤럴드 씨."

"이대로 네놈을 쏴 죽이면······."

"헤럴드!"

내가 버럭 소리를 지르자 깜짝 놀란 표정을 짓던 헤럴드가 표정을 일그러트렸다.

그리고는 반사적으로 오른손을 뻗어 책상 위의 리볼버를 잡아 갔다.

그 모습에 심장이 두근거릴 만도 하지만 오히려 내 심장은 차분하기 짝이 없었다.

"차량에 치인 루니가 병원에 왔을 때는 대퇴부를 비롯한 뼈들이 골절돼 있었고, 사고 당시 충격으로 뇌출혈을 일으키는 것으로도 모자라 부러진 갈비뼈가 폐를 찌른 상태였습니다. 게다가 본래 앓고 있던 천식으로 인해 건강 상태가 좋지 않았던 상황이었죠."

데이비드의 기억에 의하면 병원에 실려 왔던 루니의 상태는 그야말로 최악 중의 최악이었다.

교통사고 환자의 대부분이 그렇지만, 사고를 낸 차종에 따라 환자의 상태는 극과 극으로 차이가 갈린다.

경차가 사고를 낼 경우 운이 좋다면 경상이지만, 사고를 낸 차종이 덤프트럭이라면 운이 좋아도 최소 중상에 일반적인 상황이라면 사망이었다.

그리고 루니를 친 차량이 바로 덤프트럭이었다.

"그래서 하고 싶은 말이 뭐지?"

"단언컨대 어떤 의사라도 그 상황에서 그 아이를 살릴 수 있다고 장담할 수 있는 의사는 없었을 겁니다. 설령 그 아이가 재벌이나 총리의 자식이었다고 해도 말이죠."

내 말은 객관적인 사실이었다.

당시 루니의 상황은 의사가 아니라 의사 할아버지가 와도 손을 쓸 수 없을 만큼 최악의 상황이었다.

괜히 세인트 병원의 다른 의사들이 모두 고개를 내저었던 것이 아니었다.

그 상황에서 의사가 해 줄 수 있는 건 편하게 숨을 거둘 수 있도록 강력한 마약성 진통제를 처분하는 것뿐이었다.

"웃기지 마! 그럼 당신은 왜 수술을 하겠다고 나선 거지? 애초에 루니의 상태가 그렇게 심각했다면, 수술할 필요도 없었을 텐데!"

헤럴드의 지적은 지극히 타당했다.

살릴 수 없는 환자를 수술하는 의사는 없는 법이다.

의사가 수술을 집도할 때는 그래도 일말의 가능성이 있을 경우였다.

적어도 최소한 자신에 대한 자신감이라고나 할까?

하지만 그런 자신감이 없었음에도 데이비드는 루니를 수술했다.

승승장구하던 의사의 오만일까?

처음에는 나도 그런 쪽으로 생각했다.

하지만 동기화 수치가 높아지면서 그게 아니었음을 알게 되었다.

이유는 간단한 곳에 있었다.

"의사이니까요."

"뭐?"

"저는 의사입니다. 그리고 의사라면 아무리 최악의 상황이라 할지라도 절대로 환자를 포기해서는 안 되는 법입니다."

"거짓말!"

헤럴드가 버럭 소리를 내질렀다.

그리고는 눈을 부라리며 이어서 말했다.

"이제 가면 따위는 벗어던지고 솔직해지는 게 어때? 어차피 언론은 다 네놈 편이지 않나? 그러니까 적어도 내 앞에서는 솔직하게 말해! 단지 잘난 척을 하고 싶어서 억지로 수술을 했다고!"

"후우."

만약 솔직하게 말한다고 해서 이 상황을 끝낼 수 있다면, 그렇게 했을지도 모른다.

하지만 지금 상황에서 그런 거짓말은 아무런 의미가 없었다.

스윽-

오른손을 들어 올려 천장의 구석을 가리켰다.

그곳에는 붉은 빛이 깜박이는 감시 카메라가 있었다.

"저거 너무 대놓고 보이는 거 아닙니까?"

"……."

헤럴드는 말없이 그저 날 노려보고 있었다.

'이대로 포기해야 하는 건가?'

비도크의 기억과 재주를 믿었지만, 헤럴드의 뿌리 깊은 적의를 뽑아내기에는 무리가 있었다.

그렇게 이대로 돌아가야 하는 것인가라는 고민을 할 때였다.

[동기화가 향상되었습니다.]

[현재 동기화는 61%입니다.]

'뭐?'

갑작스러운 동기화의 향상.

하지만 이게 끝이 아니었다.

[동기화가 향상되었습니다.]

[현재 동기화는 66%입니다.]

또 한 번의 동기화 향상.

아니, 끝난 줄 알았던 동기화가 향상됐다는 목소리는 계속해서 귓가로 들려왔다.

[동기화가 향상되었습니다.]

[현재 동기화는 74%입니다.]

무려 10%가 넘는 동기화가 순차적으로 오르고 나서야 더는 목소리가 들리지 않았다.

하지만 이것으로 모든 것이 끝난 게 아니었다.

내 머릿속으로 그간 알지 못했던 데이비드의 기억이 물밀듯이 몰려오기 시작했다.

'으윽.'

하마터면 입술을 비집고 신음이 흘러나올 뻔했다.

그만큼 갑작스레 밀려오는 기억의 파도는 쾌감보다 고통에 가까웠다.

물론 한 번에 동기화가 향상된 적은 이번이 처음은 아니었다.

당장 동기화의 물약만 해도 15%에 가까운 동기화를 한 번에 올려 준다.

그러나 정착자에 대한 기억과 이해가 없는 상황과 그렇지 않은 상황은 천양지차였다.

쉽게 말해서 비어 있는 바가지와 물이 가득 찬 바가지에 물을 채워 넣는 차이라고나 할까?

'기억을 놓쳐서는 안 된다.'

사람의 기억이란 컴퓨터나 USB의 데이터처럼 언제든 찾아 꺼낼 수 있는 게 아니다.

중요한 기억은 뇌리에 각인되는 반면 사소한 기억들은 순식간에 잊히기 마련이었다.

당장 오늘로부터 한 달 전 저녁에 무엇을 먹었느냐고 묻는다면 쉽사리 대답하지 못하는 것과 같다.

'윽.'

입술을 앙다물고 몰려오는 기억을 받아들이기 시작했다.

분명 지금 상황에서 갑자기 동기화가 향상된 것은 몸에 남아 있는 데이비드의 의지 때문일 것이다.

'이 트라우마를 해결하면, 동기화 100%를 달성할 수 있을지도 모른다.'

여행지에서 동기화 100%를 달성하는 것과 그렇지 않은 것에 대한 보상은 큰 차이가 있었다.

하지만 초반부터 대량의 아이템을 사용한다고 해도 동기화 100%를 달성하는 것은 결코 쉬운 일이 아니었다.

그렇기 때문에 애초에 이번 여행에서 동기화 100%는 염

두에 두고 있지 않았다.

그러나 지금처럼 가파르게 동기화가 오르는 추세를 보면, 트라우마를 해결할 경우 동기화 100%도 불가능한 건 아니라는 느낌이 왔다.

팍– 파박–

그렇게 몰려오는 기억을 받아들인 지 얼마나 됐을까?

실제로는 찰나에 불과하지만, 몸에서 베어난 땀으로 인해 옷이 축축하게 젖어 갈 때쯤 수많은 기억 중에서 하나가 뇌리에 각인되었다.

"아!"

절로 입 밖으로 흘러나오는 탄성.

그 기억을 엿보는 순간 왜 이런 현상이 일어났는지 단숨에 이해가 됐다.

"……헤럴드 씨."

그는 여전히 대답 없이 나를 노려보고 있었다.

당연한 얘기지만 손에는 여전히 리볼버가 들려 있다.

방아쇠를 당길까 말까 고민이라도 하는 것일까?

하지만 그렇다고 해도 난 지금 데이비드의 기억 속에서 엿본 것을 말해 줄 수밖에 없었다.

"루니가 당신에게 남긴 말이 있습니다."

"뭐?"

반문을 토했던 헤럴드가 이내 고개를 흔든다.

"개소리! 헛소리를 할 거면 닥치고 꺼져 버려! 이미 죽은 루니의 이름을 네놈의 그 더러운 입으로 말하지 말란 말이다."

헤럴드는 내 입에서 흘러나오는 말은 모두 거짓이라고 생각하고 있다.

그래도 내 얘기는 멈추지 않는다.

"잠시 동안이긴 했지만, 수술이 끝나고 루니는 의식이 있었습니다. 물론 루니 본인도 자신이 살 수 없다는 걸 알았습니다. 당신이 아는 것처럼 수술은 실패했고 그 사실을 내가 직접 루니에게 얘기해 줬으니까요."

수술이 실패했다는 것을 알고 데이비드는 고민했다.

있는 그대로를 알려 줄 것인가 아니면 거짓이라도 희망을 줄 것인가.

결국 고민 끝에 내린 결정은 있는 그대로를 알려 주자는 것이었다.

이유는 단순했다.

고작 10살밖에 되지 않는 어린아이라고 할지라도, 자신의 마지막 순간에는 분명 남기고 싶은 말이 있을 것이라고 생각했기 때문이다.

만약 거짓으로 희망을 줬는데 그걸 끝으로 숨이 끊어진다면?

저승이 존재한다면 뼈에 사무치도록 후회하게 될 것 같다고 데이비드는 생각했던 것이다.

"루, 루니가 죽기 전에 의식이 있었다고? 그럼, 어째서 내게 말하지 않았던 거야! 왜 나를 부르지 않았냐고!"

"보호자인 당신을 부르기에는 턱없이 부족한 시간이었으니까요. 정말 아주 잠깐의 시간이었습니다."

사실이었다.

루니가 깨어 있던 시간은 고작 1분도 채 되지 못했다.

"이…… 이……."

말조차 제대로 잇지 못하는 헤럴드가 온몸을 떨었다.

그리고는 이내 눈을 질끈 감고 말했다.

"……라고 했지?"

"네?"

"뭐라고 했냐고! 루니의 마지막 말!"

데이비드의 기억, 그 속에 남아 있는 루니의 모습이 떠올랐다.

[아빠한테 꼭 전해 주세요. 언제나 세상을 위해 진실을 외치는 멋진 사람으로 있어 달라고요. 그리고 같이 축구장 가자는 약속 못 지킨 것도 미안하다고요. 또 사랑한다고도 말해 주셔야 해요. 우리 아빠는 내가 사랑한다고 말해 주는 걸 가장 좋아하거든요. 선생님, 꼭이에요? 알았죠?]

"……그렇게 말하고 루니는 숨을 거뒀습니다."

"루, 루니가 정말 그렇게 말했다고?"

헤럴드의 목소리는 그 어느 때보다 심하게 떨리고 있었다.

"그렇습니다."

"아아…… 루니야…… 루니야!"

툭-

헤럴드의 손에 들려 있던 리볼버 권총이 그대로 책상 위에 떨어졌다.

어느 틈에 그의 두 눈에서는 볼을 타고 뜨거운 눈물이 흘러내리고 있었다.

난 그저 말없이 그 모습을 지켜봤다.

사실 데이비드는 진즉 이 사실을 헤럴드에게 전해 주고 싶었다.

하지만 갑작스레 모든 언론이 자신을 겨냥해서 마녀사냥을 시작하자 덜컥 겁이 났다.

실력이 있고 평소 끊임없이 선행을 베풀어 왔지만, 집도한 수술이 실패해 환자를 잃은 것은 데이비드 역시 이번이 처음이었다.

마음이 심란하고 편치 못한 상황에서 언론까지 죽일 듯 물어뜯기 시작하니, 어쩌면 그도 사람이었기에 대중을 피해 숨게 되는 것은 당연한 결과였을 것이다.

특히 언론을 조장해서 대중을 선동하는 사람이 자신이

수술했던 환자의 아버지였기 때문에, 그 죄책감이 더 클 수밖에 없었다.

"루니는 정말 아빠를 존경하고 좋아했습니다."

"……그 아이는 누구보다 착한 아이였다네. 항상 새벽에 들어오는 나를 위해 간식을 만들어 놓기도 하고 주말에는 피곤한 날 대신해서 청소를 도맡아 하고는 했지. 그뿐인가? 어린 시절 엄마를 잃었음에도, 내 앞에서는 단 한 번도 엄마를 보고 싶다는 내색을 보이지 않았네. 혹시라도 내가 슬퍼할까봐 말이야. 그렇게 마음이 깊은 아이였지."

헤럴드가 오른손을 앞으로 뻗어 허우적거렸다.

지금 헤럴드의 눈앞에는 살아생전의 루니가 보이고 있었다.

손만 뻗으면 만질 수 있을지 모른다는 환상에 사로잡혀 있는지도 모른다.

그런 그를 바라보며 난 아무런 말도 하지 않았다.

사실 그의 마음을 이해하지 못하는 것은 아니었다.

가족, 연인, 친구를 잃은 사람들.

세상 전부를 잃은 것처럼 오열하던 사람들을 나는 제법 많이 봐 왔다.

그나마 헤럴드 같은 경우에는 사회적인 지위와 힘이 있기 때문에 복수라도 생각했겠지만, 내가 봤던 사람들은 대부분이 소시민들이었다.

목에서 피가 나오도록 소리치고 만나는 사람들마다 붙잡고 하소연해도, 세상이 바라봐 주지도 들어 주지도 않던 사람들.

모든 슬픔을 오로지 스스로 감내해야만 했던 사람들이었다.

"……한 가지만 묻겠네."

볼을 타고 흘러내리던 눈물이 말라 버릴 때쯤.

헤럴드의 입이 열렸다.

"정말로 그날 그 어떤 욕심도 없이, 단지 그 아이를 살리기 위해서 그런 선택을 했던 건가?"

"의사이니까요."

처음과 같은 대답.

이 대답은 내 판단이 아니라 데이비드가 늘 가슴에 담고 있는 답이었다.

그 어떤 최악의 상황이라도 의사라면 환자를 포기해서는 안 된다.

설령 최악의 결과가 나올 수 있다고 해도 말이다.

"그랬군. 자네는 정말 최선을 다한 거였어."

자조 섞인 목소리.

마치 모든 것을 놓은 듯 힘이 쭉 빠진 목소리였다.

"하지만 난 자네에게 결코 미안하다는 말은 하지 않을 거네. 난 그 아이의 아빠고 자네는 어찌 됐든 루니를 살리지 못했으니까."

"이해합니다."

"······그래, 앞으로 이곳에서 더는 자네를 괴롭히는 기사는 없을 거야. 그러니 이제 그만 돌아가 주겠나? 혼자 있고 싶군."

털썩―

온몸에 기운이 쭉 빠진 헤럴드는 그대로 의자에 주저앉았다.

그 모습에 나는 양미간을 모으며 속으로 생각했다.

'아직 퀘스트는 끝나지 않았다. 어째서?'

데이비드가 하고 싶던 얘기를 전달했고, 사과를 받지는 못했지만 헤럴드로부터 더는 악의적인 기사가 없을 거라는 확답을 받았다.

하지만 그럼에도 퀘스트는 완료되지 않았다.

그러던 중 짧은 사이 10년은 더 늙어 보이는 헤럴드의 모습이 보였다.

헤럴드의 시선은 책상 위에 있는 리볼버를 향해 있었다.

'아!'

그제야 알 수 있었다.

어째서 퀘스트가 끝나지 않았고, 데이비드가 지금 무엇을 걱정하고 있는 것인지를 말이다.

아들인 루니를 잃고 실의에 빠진 헤럴드가 지금까지 버텨 올 수 있었던 것은 데이비드에게 복수하겠다는 감정이 있었기 때문이었다.

하지만 그 감정을 잃어버린 지금은 어떨까?

모든 것이 공허하고 허탈할 것이다.

더는 이 세상을 살아가고 싶지 않다는 생각이 들 정도로 말이다.

자칫하면 극단적인 선택을 취할 수도 있었다.

'헤럴드가 잘못된 선택을 하지 않기를 바라는 건가?'

[동기화가 향상됐습니다.]
[현재 동기화는 80%입니다.]

마치 내 생각에 대한 대답이라도 하듯 동기화가 향상됐다.

'좋아, 이번에야말로 비도크의 화술을 제대로 사용해 보자.'

마음을 단단히 먹고 헤럴드를 향해 말을 걸었다.

"헤럴드 씨."

"자네 아직 안 갔나?"

"루니와의 약속을 안 지킬 생각이십니까?"

"뭐?"

루니의 얘기가 흘러나오자 썩은 동태 눈알 같던 그의 눈에 또 다시 힘이 팍 하고 들어갔다.

"언제나 세상을 위해 진실을 알리는 멋진 사람. 루니는 자신의 아빠가 언제나 그런 모습이길 바라고 있었기에 마지막 순간에도 그런 말을 남겼습니다. 그런데 지금 거울에 비친 당신의 모습을 보십쇼."

내 손가락이 가리킨 곳은 책상 옆에 세워져 있는 전신 거울이었다.

그곳에 비친 헤럴드는 나이에 걸맞지 않는 초로의 늙은이였다.

스스로도 느낀 것일까?

손가락을 따라 거울을 바라봤던 헤럴드의 눈썹이 부르르 떨렸다.

"나는 앞으로도 더 실력을 갈고닦아 두 번 다시 이와 같은 일이 없도록 할 겁니다. 설령 신이 환자의 목숨을 거두어 간다고 해도 내가 다시 붙잡을 수 있을 만큼 의술에 정진할 생각입니다. 당신은 어쩔 생각입니까?"

"이······."

"적어도 루니에게 부끄럽지 않은 모습을 보여야 하지 않겠습니까?"

쾅!

내 말이 끝나기 무섭게 헤럴드가 책상을 내리쳤다.

그 잠깐 사이 푸석푸석했던 그의 얼굴은 붉게 달아올라 있었다.

"감히 누구 앞에서 그딴 소리를 하는 거야! 뭐? 신이 데려가는 생명도 잡아 둘 만큼 의술 실력을 키우겠다고? 오냐, 좋다. 네놈이 그만한 실력을 키울 수 있는지 내가 똑똑히 지켜보마. 하지만 각오하는 게 좋을 거야. 그딴 소리를 내뱉고도 만약 또 다시 루니와 같은 일이 벌어진다면, 그때는 내가 직접 네놈을 찾아가 이 권총으로 머리통을 날려 버릴 테니까."

노기 가득한 목소리였지만, 사람을 압도할 힘이 담겨 있었다.

그런 헤럴드를 향해 난 조금 전 동기화를 통해 새롭게 얻은 기억의 얘기를 전해 줬다.

"반드시 그럴 테니 지켜보십시오. 루니의 손을 잡고 했던 약속을 난 반드시 지킬 겁니다."

"……?"

눈을 깜박거리는 헤럴드를 뒤로하고 난 곧장 사무실의 문을 열고 밖으로 나갔다.

"응?"

사무실 밖의 사람들은 하나같이 미어캣마냥 고개를 쭉 빼들고 헤럴드의 방을 지켜보고 있었다.

내가 문을 열고 나오자 그들은 재빨리 고개를 숙이며 업무에 집중하는 모습을 보였다.

피식-

웃음을 흘리고 헤럴드에게 했던 말, 마지막 순간 떠오른 기억을 상기했다.

루니가 숨을 거두었을 때 데이비드는 눈물을 흘리며 사망을 선고했다.

또한 루니의 시신을 옮기기 전, 손을 잡고 한 가지 약속을 했다.

더욱 의술에 정진해서 두 번 다시 누군가의 사망을 선고하지 않는 의사가 되겠다고.

'당신은 정말 좋은 의사네요.'

소방관 제임스도 그랬지만 데이비드 또한 정말이지 존경할 수밖에 없는 사람이었다.

그리고 그에 대한 화답이 되었을까?

[동기화가 대폭 향상되었습니다.]
[현재 동기화는 90%입니다.]

동기화가 대폭 올랐으며.

[환자의 목숨을 살려라 임무를 완수하셨습니다.]
[보상이 대폭 향상됩니다.]

[숨겨진 임무 데이비드의 마음이 추가 완료되었습니다.]
[소정의 보상이 추가됩니다.]

기존 임무는 물론 마지막에 헤럴드의 마음을 돌린 것 때문인지 알지도 못했던 숨겨진 임무마저 클리어가 됐다.

[현재 남은 시간과 상관없이 여행을 종료할 수 있습니다. 여행을 종료하시겠습니까?]

메인 임무를 완료했기 때문에 대략 하루 하고도 반나절의 시간이 더 남아 있었지만, 여행을 종료할 수 있다는 메시지가 떠올랐다.

하지만 나는 과감히 종료하지 않겠다는 선택을 내렸다.

동기화도 그렇지만 무엇보다 아직 지키지 못한 한 가지 약속이 남아 있기 때문이었다.

"아직 병원 사람들한테 도넛과 커피를 주지 못했으니까."

홀로 남은 헤럴드는 데이비드와 나눴던 말을 상기했다.

여전히 그가 원망스럽고 싫었지만, 새로운 감정 또한 생겼다.

그건 자신에 대한 부끄러움이었다.

"……그래, 루니를 위해서도 더는 이렇게 있어서는 안 돼."

루니가 세상을 떠나고 그에게 남은 것은 오로지 데이비드를 향한 복수뿐이었다.

하지만 이제 그 복수는 사라졌다.

대신 더 큰 목표가 생겼다.

스윽—

헤럴드가 책상의 전화기를 들고 단축 다이얼 1번을 눌렀다.

1번은 뉴스 오브 더 월드의 사장실과 직통으로 연결되는 번호였다.

"……사장님, 접니다. 지금 잠깐 만나 뵐 수 있겠습니까?"

Chapter 144. 업그레이드

　세인트 병원.

　런던 병원 중에서 최고로 꼽히는 이곳은, 영국에 존재하는 병원 중에서 의료진의 실력을 놓고 봤을 때 항상 상위권에 들고 있었다.

　그런 실력자들이 즐비한 이곳에서 데이비드는 차기 외과 과장으로 거론될 만큼 실력 있고 유능한 의사였다.

　그러니 불미스러운 일이 있어도 병원 내부에서 최대한 데이비드를 감싸 주려고 했던 것이다.

　만약 데이비드가 일반 인턴이나 레지던트에 불과했다면?

　아무리 직원 복지가 좋다고 소문난 세인트 병원이라 한들 데이비드를 진즉 해고했을 것이다.

"데, 데이비드! 대체 이게 뭐야?"

세인트 병원의 정문.

데이비드를 마중 나가기 위해 문 밖으로 나왔던 알렉스는 놀라움으로 인해 벌어진 입을 다물지 못했다.

커피를 비롯한 음료와 각종 도넛을 만들 수 있는 푸드 트럭이 질서정연하게 서 있었던 것이다.

놀라는 알렉스를 향해 말했다.

"병원 사람에게 커피와 도넛 돌리라면서? 그래서 이렇게 준비한 건데, 마음에 안 들어?"

"나 참. 이게 마음에 들고 안 들고의 문제야? 막말로 네가 돈이 어디 있어서……."

말을 잇던 알렉스가 입을 다물었다.

순간적으로 실례라는 것을 깨달았기 때문이다.

그런 알렉스를 바라보며 히죽 웃어 보였다.

"걱정하지 마. 이 정도쯤은 충분히 베풀 수 있을 만큼의 여유는 되니까. 그리고 내가 없는 동안 병원 사람들이 물심양면으로 내 빈자리를 채워 줬다며? 고마움의 보답은 해야지."

"후우."

한숨을 내쉰 알렉스가 고개를 절레절레 흔들었다.

하지만 데이비드의 안위를 크게 걱정한 병원 사람들이 그를 위해 애썼다는 것은 부정할 수 없는 사실이었다.

"자, 그렇게 서 있지 말고 커피 좀 마셔 봐. 맛이 아주 좋으니까."

갓 나온 커피를 종이컵에 받아 알렉스에게 넘겼다.

종이컵을 받아 든 알렉스가 조심스럽게 한 모금을 마시고는 입술을 실룩거렸다.

"뭐, 맛은 괜찮네."

"도넛은 더 맛있다고."

"그래? 그러고 보니 아침을 안 먹어서 좀 출출하네. 그냥 달라고 하면 되는 거지?"

도넛을 튀기고 있는 푸드 트럭을 향해 시선을 돌린 알렉스가 슬그머니 그쪽을 향해 걸음을 옮기기 시작했다.

그 모습에 난 어깨를 으쓱거리며 그 뒤를 따라갔다.

아침을 먹지 않은 건 나 역시 마찬가지였다.

기분 좋게도 푸드 트럭은 대성공이었다.

돈을 받고 파는 게 아닌 만큼 대성공이라는 표현이 어울리지 않을 수도 있지만, 병원 사람들은 물론 환자들까지 얼굴 만면에 미소를 짓고 푸드 트럭을 이용했다.

그 덕분에 각 푸드 트럭에서는 쉴 새 없이 음료를 만들고 도넛을 튀겨야만 했다.

[동기화가 향상됐습니다.]

[현재 동기화는 97%입니다.]

선행에 대한 보답이라고 해야 할까?

혹은 데이비드의 마음 한편에 있던 걱정이 해결되었기 때문일까?

동기화는 쭉쭉 올랐고, 목표치였던 100%까지 3%만을 남겨 놓고 있었다.

"……그럼, 정식 출근은 다음 주 월요일부터 하는 것으로 알고 있겠네. 데이비드, 앞으로도 잘 부탁하겠네. 자네에게 거는 기대가 커!"

현 세인트 병원의 외과 과장인 폴 베이너가 환하게 웃으며 오른손을 내밀었다.

폴 베이너는 데이비드가 곤혹을 치르고 있을 당시 알렉스와 더불어 병원 내부에서 강력하게 그의 편을 들어주던 인물이었다.

그 사실을 알고 있었기 때문에 나 역시 입가에 미소를 짓고 손을 내밀어 그의 손을 잡았다.

'후, 이제 병원 일도 대부분 정리가 됐네.'

도움을 줬던 환자들과 병원 사람들에게 감사의 인사를 전했고 병원으로 복귀하는 날짜까지도 확정을 지었다.

사실상 대부분의 일은 끝났다고 할 수 있을 것이다.

[현재 남은 시간은 32분입니다.]

"음, 애매하네."

이제 이곳에 머무를 수 있는 시간도 고작 30분에 불과했다.

하지만 100%까지 남은 동기화는 3%.

단순 계산으로 따지면 10분에 1%의 동기화를 올리면 되지만, 그게 말처럼 쉬운 일은 아니었다.

"사실 지금의 동기화 수치도 거의 기적에 가까우니까."

지금까지 수많은 정착자들이 있었지만, 데이비드 만큼 동기화를 퍼 준 사람은 없었다.

실제로 목숨을 잃을 뻔했던 상황에서 살아남았을 때에도 고작 1~2%의 동기화만 오르지 않았던가.

꼬르륵―

"……그러고 보니 아침에 도넛이랑 커피 먹은 게 다였네?"

오랜만에 병원에 온 탓도 있고 인사를 해야 할 사람이 많았기 때문에 제대로 끼니를 챙겨 먹을 시간이 없었다.

그나마 오전에 알렉스와 함께 커피와 도넛을 먹지 않았다면, 하루 종일 아무것도 먹지 못했을 것이다.

"병원 근처에 마땅히 먹을 만한 게……."

기억을 더듬거리니 다행히 병원 주변에 샌드위치 가게가 있었다.

평소에 데이비드가 즐겨 찾던 곳이었다.

"어서 오세요. 응? 데이비드 선생님! 아빠, 나와 보세요! 데이비드 선생님이 오셨어요!"

톰의 샌드위치라는 간판이 걸린 가게의 문을 열고 들어서자 빨간 머리가 인상적인 여성이 깜짝 놀란 표정으로 소리를 질렀다.

그녀의 이름은 애나.

이곳 가게의 사장인 톰의 딸이었다.

"데이비드 선생님이 왔다고?"

곧이어 주방의 안쪽에서 거구의 흑인 사내가 걸어 나왔다.

그가 바로 이 가게의 주인인 톰이었다.

"톰 씨, 잘 지냈어요?"

"나야 잘 지냈지. 그보다 선생님이 이곳에 왔다는 건 일이 잘 풀렸다는 뜻이겠군요?"

"네, 다음 주부터 다시 출근하기로 했습니다."

"어머, 정말 잘됐어요! 저랑 아버지가 얼마나 걱정을 많이 했다고요. 아버지는 매주 교회에 나가서 기도까지 하셨다니까요."

애나가 기쁜 얼굴로 소리치자 톰이 부끄러운 듯 콧김을 뿜으며 말했다.

"크흠. 얘가 쓸데없는 소리를."

"정말 고맙습니다. 아무래도 톰 씨가 기도해 준 덕분에 제 복귀 시기가 좀 더 앞당겨지게 된 것 같네요."

"그, 그런가?"

톰의 입가가 실룩거린다.

애써 웃음을 참는 그의 모습이 귀엽기도 하면서 한편으로는 고맙기도 했다.

톰과 같은 분들이 있지 않았다면, 데이비드는 더 힘든 시기를 보냈어야 했을 것이다.

"배가 고파서 그런데 평소 먹던 거로 하나만 만들어 주시겠어요?"

"칠리 핫도그 말이지? 앉아서 기다리게. 내 오늘은 특별히 더 맛있게 만들어 줄 테니까."

팔을 걷어붙인 톰이 재빨리 식당 안으로 뛰어 들어갔다.

그사이 애나는 병맥주 하나를 꺼내 내게 내밀었다.

"이건 복귀 기념으로 제가 드리는 서비스예요."

시원한 맥주를 받아 들고 빈자리로 가서 앉은 지 5분 정도 흘렀을까?

톰이 한눈에 봐도 먹음직스러운 칠리 핫도그를 접시에 담아서 내게 가져왔다.

"특별히 신경 써서 만들었으니까, 맛있게 먹게나."

"감사합니다."

[현재 남은 시간은 10분입니다.]

"적당하네."

적어도 밥을 먹는 와중에 여행이 끝나거나 할 확률은 없었다.

와그작- 쩝쩝-

양손으로 칠리 핫도그를 잡고 맥주와 함께 배를 채우기 시작했다.

"와, 이거 엄청 맛있는데? 영국 요리는 최악이라고 하던데. 이건 정말 맛있네."

영국 요리는 최악이라는 말이 있던데 꼭 그런 것은 아닌 것 같았다.

한 입, 두 입, 세 입.

포만감이 차오를수록 핫도그의 크기는 점점 줄어들었다.

그렇게 마지막 남은 조각을 입에 털어 넣고 맥주를 들이켰다.

꿀꺽- 꿀꺽-

"캬!"

세상을 다 가진 것 같은 만족감에 흘러나오는 탄성.

별것 아니지만 이런 사소한 게 행복이지 않겠는가?

[동기화가 향상됐습니다.]

[현재 동기화는 100%입니다.]
[동기화가 최대치에 도달했습니다.]

"어?"
정말 생각지 못한 순간 동기화가 100%를 달성했다.
당황스럽기도 했지만 그사이 남은 임무 시간은 불과 10여 초에 불과했다.
이제는 마지막 작별 인사를 남겨야 할 때였다.
"……데이비드, 즐거웠어요. 내게 정말 많은 도움이 되는 시간이었어요."
그렇게 마지막으로 데이비드에게 감사의 인사를 표하는 순간.

[즐거운 여행이 되셨나요? 여행 시간이 종료되었습니다.]
[지금부터 여행자의 업적을 평가하기 위해 정산의 방으로 이동합니다.]

팟!
눈앞을 가득 메우던 환한 빛이 사라지자 늘 그렇듯 백색의 공간이 나타났다.

짝! 짝!

어디선가 들려오는 박수 소리.

소리가 들려온 곳을 향해 고개를 돌리니, 그곳에는 준이 서 있었다.

"갑자기 웬 박수야?"

"훌륭한 성과를 내고 돌아온 여행자에 대한 배려라고 생각해 주시면 될 것 같습니다. 이번에도 꽤 좋은 성적을 내셨던데요?"

"흐음."

이런 적이 한두 번이 아니었기에 그냥 넘어가기로 했다.

"일단 정산부터 할까?"

내심 이번에 받을 포인트가 궁금했다.

"원하신다면야."

준이 고개를 끄덕이고는 손가락을 튕겼다.

딱!

그러자 홀로그램창이 빈 허공에 나타나더니 빠른 속도로 움직이기 시작했다.

한참을 움직이던 숫자들이 멈췄을 때 내 입가에는 자연스레 미소가 생겨났다.

[59,000 TP]

무려 6만에 가까운 포인트였다.

포인트 수치를 확인한 준이 말했다.

"음, 메인 임무와 숨겨진 임무도 완수. 동기화도 100%. 그리고 정착자의 만족도도 꽤 높았나 보군요. 본래 이 정도까지 포인트를 얻을 수 있는 여행지가 아니었는데 말입니다."

"이게 모두 내가 열심히 노력한 덕분 아니겠어?"

"부정하지는 않겠습니다. 확실히 단순히 운으로만 얻을 수 있는 포인트는 아니니까요."

"그렇게 순순히 인정해 주면 내가 뭐라고 할 말이 없잖아."

내가 생각하는 준의 캐릭터는 순순히 인정을 하기보다는 틱틱 쏘아 대는 쪽이었다.

하지만 지금과 같이 순순히 인정해 버리니 나로서도 별다른 할 말이 없었다.

씩-

준이 입가에 더욱 진한 미소를 머금고 말했다.

"자, 그럼 이어서 축하 말씀을 또 전해 드리겠습니다."

"응?"

반문도 잠시, 준이 다시 한 번 손가락을 튕겼다.

딱!

[여행자의 레벨이 올랐습니다.]

[현재 레벨은 4LV입니다.]

[지금부터 스킬 업그레이드를 사용할 수 있습니다.]

레벨이 올랐다는 소리에 반사적으로 상태창을 열어 확인을 해 봤다.

[한정훈]
유능한 시간 여행자 LV.4
근력: 16(2)
민첩: 14
체력: 15(2)
지력: 16
특성: 용기, 동화
스킬: 고속 판단, 격투술, 직감(P), 진실과 거짓, 패기, 직감(C+), 승부사.

3레벨에서 4레벨이 되며, 준비된 시간 여행자라는 수식어가 유능한이라는 칭호로 변경되어 있었다.

하지만 딱히 수식어가 주는 능력은 없기 때문에 큰 관심을 끌지는 못했다.

그보다는 다른 쪽에 흥미가 갔다.

"스킬 업그레이드는 뭐야?"

"말 그대로입니다. 설마 전혀 모르는 건 아니시겠죠? 음,

게임을 한 번도 안 해 봤다면 그럴 수도 있지만……."

스윽―

더 듣고 있다가는 특유의 틱틱거리는 말투가 흘러나와 사람 속을 뒤집을 것 같아서 재빨리 손을 들었다.

"됐어! 어차피 확인해 보면 되는 거니까. 스킬창 오픈. 고속 판단."

스킬창을 열어 고속 판단을 살펴봤다.

〈고속 판단〉

고유: 성장

등급: B {해당 스킬은 업그레이드가 가능합니다.}

설명: 비도크의 특기. 수많은 범죄를 저지르고 다양한 사건을 추리해 온 비도크는 사소한 물건 하나에서도 남들이 보지 못하는 것을 생각해 내며, 판단할 수 있습니다.

이런 특기는 숱한 위기 상황에서 그의 목숨을 살리고 훗날 최고의 사립탐정으로 명성을 떨치는 데 있어 큰 도움을 주었습니다.

효과: 시야에 닿는 주변의 사람과 사물을 파악해서 순간적으로 과거 혹은 미래에 벌어질 상황을 10초 동안 추측합니다.

*해당 특성은 24시간 기준으로 1회 사용할 수 있습니다.

지금까지 없던 문구가 스킬의 등급 옆으로 새롭게 생성

되어 있었다.

　문구를 선택해 보니, 이내 새로운 홀로그램창이 떠올랐다.

　[고속 판단(B) -〉 고속 판단(B+) 1,000 TP를 소모해서 스킬을 업그레이드할 수 있습니다.]

　백문이 불여일견이라고 했다.

　생각하기보다는 직접 스킬 업그레이드를 사용해 봤다.

　[1,000 TP가 소모되었습니다.]

　[스킬 고속 판단(B)이 고속 판단(B+)로 업그레이드되었습니다.]

　〈고속 판단〉

　고유: 성장

　등급: B+ {해당 스킬은 업그레이드가 가능합니다.}

　설명: 비도크의 특기. 수많은 범죄를 저지르고 다양한 사건을 추리해 온 비도크는 사소한 물건 하나에서도 남들이 보지 못하는 것을 생각해 내며, 판단할 수 있습니다.

　이런 특기는 숱한 위기 상황에서 그의 목숨을 살리고 훗날 최고의 사립탐정으로 명성을 떨치는 데 있어 큰 도움을 주었습니다.

효과: 시야에 닿는 주변의 사람과 사물을 파악해서 순간적으로 과거 혹은 미래에 벌어질 상황을 10.5초 동안 추측합니다.

*해당 특성은 23시간 기준으로 1회 사용할 수 있습니다.

"등급과 효과가 올랐잖아?"

스킬을 업그레이드 하니, 효과 시간이 늘고 제한 시간은 줄어들었다.

다시 한 번 업그레이드 버튼을 선택해 봤다.

[고속 판단(B+) → 고속 판단(A) 5,000 TP를 소모해서 스킬을 업그레이드할 수 있습니다.]

"비용이 엄청 올랐네."

필요비용이 1,000 TP에서 5,000 TP로 상승되어 있었다.

무려 5배나 오른 것이다.

"포인트만 많으면 스킬 레벨은 계속 올릴 수 있는 건가?"

현재 가장 높은 등급의 스킬인 패기를 확인해 봤다.

〈패기〉

고유: Passive

등급: A+ {여행자의 레벨이 낮아 업그레이드가 불가능합니다.}

설명: 어떤 어려운 일이라도 이겨 내는 강인하고 굳센 힘과 정신입니다.

수많은 암살 위협과 불행에도 불구하고 포기하지 않고 주변과 스스로를 이겨 내어 끝내 왕좌에 오른 이산의 고유 특기입니다.

효과: 자신이 지닌 기운으로 상대를 일시적 무력화 상태에 빠트립니다. 기운의 차이에 따라서 무력화 상태의 차이가 달라집니다. 단, 자신보다 강한 기운과 의지를 지닌 상대에게는 통하지 않습니다.

"……여행자의 레벨에 따라서 올릴 수 있는 제한이 정해져 있구나."

대충 스킬 업그레이드가 어떤 것인지 이해가 갔다.

시선을 돌려 준을 바라보며 말했다.

"꽤 좋은 기능인데? 이런 기능이 있으면 진즉 개방을 해 주지, 왜 이제야 개방되는 거야?"

"처음부터 개방을 해 줬어도 아마 사용하지 못했을 겁니다. 1,000 포인트에 벌벌 떨던 과거를 잊으신 건 아니시겠죠?"

"하긴, 그것도 그렇겠네."

사실이 그러했다.

지금에야 몇 만 포인트씩 들고 있지만, 준의 말대로 불과 몇 년 전만 해도 동기화의 물약 하나를 사는 것도 심사숙고를 해야 했다.

"물건을 구매하고 스킬도 업그레이드하시겠습니까? 만약 그렇다면 차라도 한 잔 내어 드리죠."

"물론. 오늘은 시간이 좀 필요할 것 같거든."

탁!

준이 손가락을 튕기자 테이블과 의자, 그리고 김이 모락모락 피어나는 찻잔이 생겨났다.

자연스레 의자에 앉아 앞으로의 계획에 대해 생각하기 시작했다.

"음."

이번 여행에서 벌어들인 TP는 59,000 포인트.

게다가 기존에 가지고 있던 TP는 27,000 포인트에 스킬 업그레이드를 시험해 보기 위해 1,000 포인트를 사용한 상황.

[현재 보유 TP는 85,000 TP입니다.]

덕분에 내가 현재 보유한 포인트는 거의 10만 포인트에 육박했다.

지난 여행을 통틀어서도 최대 포인트라고 할 수 있었다.

"능력치에 투자를 하는 게 좋을까?"

만약 현재 보유한 포인트를 모두 능력치에 투자한다면 평균 수치를 20까지 끌어올릴 수 있을 것이다.

강림의 비약을 통해 경험해 보기도 했지만, 능력치는 후반부로 갈수록 초인에 가까운 효과를 낼 수가 있다.

만약 근력이 40에서 50 정도만 된다면 족히 헐크에 가까운 힘을 발휘하는 것도 불가능은 아니었다.

물론 그렇게 근력을 올리기 위해서는 어마어마한 포인트가 필요하겠지만 말이다.

어찌 됐든 상승시킨 능력치는 현실에 반영되며, 소모품이 아닌 만큼 장기적으로 볼 때 가장 좋은 선택이라고 할 수 있었다.

"하지만 단순히 능력치가 높아졌다고 해서 죽음에 대한 위기를 피해 갈 수 있을까?"

능력치가 높아진다고 해서 불사가 되는 것은 아니었다.

"갑작스러운 상황을 생각하면 역시 아이템 쪽이 맞는 것 같고."

잠시 고민을 하다가 이내 고개를 끄덕이고는 아이템 쪽을 살피기 시작했다.

레벨이 올랐으니, 분명 과거에는 없던 아이템들이 새로 목록에 추가됐을 것이다.

그렇게 시간이 흘러 찻잔에 담긴 커피가 식어 갈 때쯤 드디어 적당한 아이템들이 내 눈앞에 모습을 드러냈다.

TIME ROULETTE
타임룰렛

Chapter 145. 인생 한 방

한참을 살펴본 끝에 드디어 마음에 드는 아이템을 찾을 수 있었다.

〈부두 술사의 목각 인형〉

종류: 소모성

횟수: 0/1

설명: 30일 동안 유지되는 부두 술사의 목각 인형을 소환합니다.

해당 목각 인형이 유지되는 동안 소환자에게 해를 끼치는 모든 효과는 목각 인형이 대신 받습니다.

사용 방법: 장소를 정하고 목각 인형 소환이라고 외치세요.

주의 사항: 해당 상품은 소모성으로, 한 번 사용하고 나면 30일 동안 유지됩니다.

목각 인형은 중복 소환할 수 없으며, 목각 인형이 감당할 수 없는 만큼의 피해를 한 번에 받을 경우 인형은 파괴되고 남은 피해는 소환자에게 적용됩니다.

TP: 20,000

"효과는 확실히 좋은 것 같은데 가격 한번 어마마하네."

고작 한 달을 사용하는 것에 불과한데, 구입 비용으로 무려 2만 포인트가 필요했다.

그나마 다행이라면, 미래를 경험했기 때문에 내 죽음이 언제 찾아왔는지를 알고 있다는 점이었다.

"후우, 여분의 목숨이라고 생각하자."

[부두 술사의 목각 인형을 구매했습니다.]

[20,000 TP가 차감됐습니다.]

[현재 남은 TP는 65,000 TP입니다.]

"자, 다음은 이 물건인데."

〈대마녀의 예언자 거울〉

내구도: 100/100

종류: 소모성

설명: 하루하루 미래가 불안한 여행자에게 적극 추천하는 상품입니다.

본인이 설정한 키워드에 해당되는 미래가 예언될 경우, 사용 횟수를 소모하는 것으로 그 내용을 확인할 수 있습니다.

TP를 사용해서 설정된 키워드를 변경 또는 소모된 사용 횟수를 충전할 수 있습니다.

주의 사항: 애매모호한 키워드를 설정할 경우 본인이 원하는 방향과는 다른 미래가 예언될 수 있음을 주의하시기 바랍니다.

거울이 보여 주는 미래는 24시간 이내에 벌어질 상황입니다.

현재 설정된 키워드: 없음.

사용 횟수: 0/10

TP: 25,000

이번 물건은 일전에 이산이 되었을 때 경험해 본 적이 있던 아이템.

수습 마녀의 예언자 거울의 업그레이드 버전이라고 할

수 있는 대마녀의 예언자 거울이었다.

확실히 그 성능과 효과는 수습 마녀의 예언자 거울보다
훨씬 훌륭했다.

문제는 바로 가격이었다.

"하아. 2만 5천 포인트라니. 이거 너무한 거 아니야?"

대마녀의 예언자 거울까지 구매하면, 이번에 소모되는
포인트만 도합 4만 5천 포인트였다.

포인트가 넉넉하다고 좋아했는데 사용하는 것은 말 그대
로 한순간이었다.

한참 동안 대마녀의 예언자의 거울을 바라보다가 이내
입술을 움직였다.

"……구매한다."

[대마녀의 예언자 거울을 구매했습니다.]

[25,000 TP가 차감됐습니다.]

[현재 남은 TP는 40,000 TP입니다.]

현재의 행동에 의해서 다가올 미래는 비껴갈 수 있다.

내 죽음이 사회를 뒤흔들 만큼 큰 영향력이 있는 것도 아
니고 말이다.

즉, 내가 미래에서 보고 온 날짜에 내가 죽지 않을 수도
있다는 것이다.

그 미래가 전혀 벌어지지 않을 수도 있고 혹은 더 빨라지거나 더 늦어질 수 있다.

하지만 대마녀의 예언자 거울이 있다면, 목각 인형을 사용할 시기를 보다 쉽게 설정할 수 있을 것이다.

슥—

슬쩍 고개를 돌려 바라보니 준의 표정이 유난히 밝아 보였다.

"기분이 좋아 보인다?"

"여행자님이 포인트를 많이 사용해 주시면 저한테는 확실히 득이 되니까요."

"쳇."

한숨을 내쉬고는 이내 몇 가지 아이템을 순차적으로 더 구매했다.

[텔레포트 스크롤 x2를 구매하셨습니다.]

[변신 스크롤 x1을 구매하셨습니다.]

[중급 랜덤 스탯 버프 스크롤 x3을 구매하셨습니다.]

[중급 급속 치료 알약 x2를 구매하셨습니다.]

[25,000 TP가 차감되었습니다.]

[현재 남은 TP는 15,000 TP입니다.]

중급 랜덤 스탯 버프 스크롤은 스탯 제한이 10에서 20으로

상승했기 때문에 지금 내 능력에서도 충분히 사용 가능한 아
이템이었다.

"이제 마지막으로……."

〈외과의사의 눈〉

고유: Active

소모: 기력

등급: C

설명: 한평생 수많은 환자를 치료하고 의술에 매진하는
삶을 살아온 데이비드의 고유 특기입니다.

효과: 상대방의 상태를 관찰해서 질병으로부터 가장 취
약한 부분을 찾아냅니다.

단, 해당 스킬의 효과는 대상의 신체가 눈에 보일 경우에
만 유효합니다.

등급이 오를 경우 소모되는 기력의 양이 줄어들며, 추가
효과가 개방됩니다.

*1차 효과 개방 조건[등급 A]

*2차 효과 개방 조건[등급 S]

TP : 5,000

5천 포인트를 소모해서 데이비드의 스킬이었던 외과의
사의 눈을 구매했다.

"후, 부자라고 생각했는데 턱도 없었네."

남은 10,000 포인트는 다음 여행을 위해서 남겨 놓기로 했다.

"쇼핑은 모두 끝내셨나요?"

"그래, 그러니까 이제 그만 돌려보내 줘."

"한정훈 여행자님."

"응?"

느닷없이 진지한 준의 목소리에 내가 고개를 갸웃거렸다.

말없이 나를 바라보던 준이 이내 미소를 짓고는 고개를 흔들었다.

"아무것도 아닙니다. 그냥 포인트를 많이 써 주셔서 고맙다는 말씀을 드리고 싶었습니다."

"너 좋으라고 사용한 거 아니거든."

"후후."

소리 내어 웃음을 흘린 준이 고개를 숙이고는 손가락을 튕겼다.

탁!

그와 함께 내 눈앞으로 하얀 빛이 강림했다.

홀로 남은 공간.

멍하니 빈 공간을 응시하던 준이 이내 기침을 토해 냈다.

"쿨럭."

스윽―

준이 오른손으로 입술을 훔치자 손등에 검붉은 피가 묻어났다.

그와 함께 하얗던 준의 얼굴 또한 파리하게 질려 갔다.

마치 당장이라도 죽을 것 같은 사람의 행색과도 같았다.

"……여행자님, 부디 제 선택이 틀리지 않았다는 것을 보여 주셔야 합니다. 당신만이 이 기나긴 족쇄를 끊을 수 있는 사람이라고 전 믿고 있으니까요."

팟!

눈앞을 가득 메우던 백색의 빛이 사라지자 정산의 방을 나오며 익숙한 공간이 나타났다.

바로 룰렛을 돌리기 전의 내 방이었다.

스윽―

고개를 돌려 책상 위에 놓인 탁상시계를 쳐다봤다.

오후 3시 4분.

여행을 떠나기 전과 변함이 없는 시간이었다.

"시간이 멈추다니, 매번 겪어도 신기하다니까."

몇 주 혹은 몇 달에 걸친 여행을 떠나도 언제나 현실의 시간이 멈춘다.

이런 현상을 보면 정말 세상에는 신이란 존재가 존재하긴 하는 것 같다.

"그나저나 이것들을 좀 더 효과적인 방법으로 사용할 방법은 없으려나?"

정산의 방에서 구매한 〈부두 술사의 목각인형〉과 〈대마녀의 예언자 거울〉을 포켓에서 꺼내 책상 위에 올려놨다.

거액의 포인트를 들여 구매한 아이템인 만큼 아무렇게나 사용할 수는 없었다.

"M.G에는 방법이 있지 않을까?"

그곳에는 나보다 훨씬 고레벨의 여행자가 다수 있었다.

혹시나 하는 생각으로 M.G 게시판에 접속해 봤다.

다행히 만 포인트를 남겨 두었기 때문에 검색을 하는 데 지장은 없었다.

"일단은 목각 인형부터 찾아보자."

재빨리 검색어를 입력하고 게시물을 쭉 훑어봤다.

그러던 중 전혀 생각지도 못한 글의 제목이 내 눈길을 사로잡았다.

"뭐? 8레벨이라고?"

[8레벨 달성! 첫 아이템으로 완소 아이템이라는 목각 인형 구매했습니다.]

드디어 오랜 기다림 끝에 8레벨을 달성했습니다.

달성하자마자 전전 여행지부터 모아 놓은 포인트를 몽땅 털어 필수 아이템이라는 목각 인형부터 구매했습니다.

옵션을 확인한 순간 그야말로 감탄! 또 감탄!

정말 여분의 목숨이라는 생각이 절로 들더군요.

악착같이 6만 포인트를 모은 보람이 있었습니다.

레벨이 낮은 여행자 분들은 서둘러 레벨 올리고 포인트 모아서 꼭 구매하세요.

여분의 목숨이 있다는 게 이렇게 든든할 수가 없습니다.

-HRTSE***: 아이템 옵션이 어떻게 됩니까?

-작성자: 한 달 동안 아이템을 소환한 사람에게 해가 되는 모든 효과를 목각 인형이 대신 받습니다. 간단히 설명하자면, 제가 칼에 찔려도 그 부상을 목각 인형이 대신 받는 겁니다.

-WDQWQAD***: 한 달에 6만 포인트? 완전 창렬.

-DBWGG***: 비싸기는 하지만 필수 아이템인 건 사실입니다. 효과가 소환 즉시 바로 적용되기 때문에 위급 상황에서 대처하기도 좋습니다.

-DSFGWQ***: 안 사. 6만 포인트면 스텟이 몇 개인데.

-SSB***: 스텟 타령하는 놈은 5레벨은 되고 말하냐? 원래 스텟 일정 비율 되면 그 다음부터는 템빨 싸움이다.

-작성자: 여러분 싸우지 마세요. 부러우면 지는 겁니다.

–WSFF***: 이제 6레벨인데 8레벨 언제 되려나. 아니 그때까지 내 도구가 버텨 주려나. 후우.

"8레벨? 그리고 6만 포인트라고?"

머리가 얼얼했다.

분명 난 4레벨, 그리고 2만 포인트를 들여서 해당 아이템을 구매했다.

하지만 몇 차례 M.G 게시판을 확인한 결과 〈부두 술사의 목각인형〉은 여행자 레벨 8을 달성했을 경우 개방되는 아이템이 분명했다.

또한 아이템의 정가는 6만 포인트였다.

이상하다는 생각과 함께 내 눈에 〈대마녀의 예언자 거울〉이 보였다.

"설마 너도 그런 건 아니겠지?"

혹시나 하는 생각으로 이번에는 〈대마녀의 예언자 거울〉을 검색해 봤다.

[대마녀의 예언자 거울 사기 아니냐?]

10레벨 되고 해당 아이템 오픈돼서 구매했는데, 솔직히 이건 사기 아이템 TOP of TOP인 것 같다.

어느 정도냐면, 8레벨에서 구매 가능한 목각 인형보다 한 단계 위라고나 할까?

물론 10레벨까지 달성하는 여행자가 얼마나 되겠느냐마는, 솔직히 이 아이템 하나로 여행자의 수준은 10레벨을 달성했느냐 못 했느냐가 갈리는 것 같다.

어째서 10레벨이 넘는 여행자한테 절대 덤비지 말라는 건지 이제야 이해가 된다.

-SGERG***: 아이템 옵션이 뭐임?

-GEGG***: 수습 마녀의 예언자 거울이랑 얼마나 차이 납니까?

-작성자: 24시간 기준, 자기가 설정한 키워드에 따라서 미래를 보여 줌. 예를 들어서 10% 이상 오르는 주식이라고 키워드를 설정하면, 24시간 안에 10%가 오르는 주식이 무엇인지 알려 줌.

-SBBE***: ㅋㅋㅋ 개사기네.

-DHBB***: 머천트 새끼들 밸런스 안 맞추나. 무슨 그딴 아이템을 팜? 포인트에 미친놈들.

-GUKK***: 그래서 가격은 얼마인가요? 지금부터 포인트 모으겠습니다.

-작성자: 8만 5천 포인트입니다. 이것도 내 머천트 꼬셔서 세일한 가격임.

-SGEG***: 부럽다.

"……."

또 다시 눈을 깜박거렸다.

내 눈이 잘못되지 않았다면, 〈대마녀의 예언자 거울〉은 10 레벨을 달성해야 구매할 수 있는 아이템.

게다가 구매 시 필요한 포인트는 8만 5천.

그것도 세일이 진행되는 경우에 한하는 것이었다.

하지만 그런 아이템을 고작 4레벨, 그것도 2만 5천 포인트라는 가격에 구매했다.

"그 녀석 대체 무슨 짓을 벌인 거야?"

아무리 생각해도 이 일과 관련해서 의심이 되는 건 머천트 준밖에 없었다.

하지만 어째서일까?

준이 내게 이러한 호의를 베풀 이유가 없었다.

"설령 베풀었다고 해도 엄청 잘난 척을 했어야 정상인데."

하지만 준은 내게 이와 관련해서는 일언반구도 없었다는 것이 문제였다.

"……녀석이 손을 쓴 게 아닌 건가?"

그러나 그렇게 생각하면 오히려 이번 일은 더 미궁 속에 빠진다.

녀석이 아니라면 대체 누가 나에게 이런 호의를 베풀었을까?

"단순히 좋아해야 하나, 아니면 경계해야 하나?"

세상에 이유 없는 호의는 없기 마련이었다.

그러나 정산의 방을 빠져나온 이상 현 시점에서 준을 다시 만날 방법은 없었다.

그를 다시 만나기 위해서는 룰렛을 돌려야 하지만 지금은 막 여행을 끝난 상태.

룰렛을 다시 돌리기 위해서는 시간도 필요했지만, 여행을 다녀온 직후에 따르는 정신적 피로함을 해소하지 못하고 있었다.

"일단 이 문제는 나중에 생각하자."

고개를 흔들고는 휴대폰부터 꺼냈다.

현재 내 머릿속에는 미래의 다양한 기억들이 있다.

그중에는 시간을 미루지 말고 당장 처리해야 할 일들도 있었다.

우웅- 우웅-

[네, 검사님. 전화받았습니다.]

통화 버튼을 눌러 전화를 건 대상은 검찰청의 박동철 계장이었다.

나에게는 몇 주 만에 듣는 목소리였지만, 박동철 계장의 입장에서는 조금 전에도 들었던 목소리일 것이다.

"오민철 말입니다. 성형수술 이력 좀 확인해 주시겠습니까?"

[네? 갑자기 그게 무슨 소리십니까?]

"그 사람 얼굴을 다 뜯어고쳤습니다. 그러니까 쉽게 말해서 당시 오민철 사진을 들고 탐문을 벌였던 게 하등 필요가 없던 것이죠. 그들이 기억하는 오민철은 전혀 다른 얼굴을 가지고 있었으니까요."

[그게 정말이에요? 그거 완전 페이스 오프잖아요!]

목소리의 주인공은 박동철 계장이 아닌 민희선 실무관이었다.

"맞습니다. 페이스 오프라고 할 수 있습니다. 그러니까 오민철 성형수술 이력 꼭 확인해 주시기 바랍니다. 해당 병원에 과거 사진이 있으면 꼭 확보해 주시고요. 오늘부로 마성 그룹 비자금 사건 재조사 들어갑니다."

[알겠습니다. 당장 움직이도록 하겠습니다.]

"네, 그럼 수고 좀 해 주세요."

박동철 계장과 통화를 종료한 이후 즉시 컴퓨터를 실행시켰다.

미래와 관련해서 내가 알아본 것은 단순히 마성 그룹 비자금 사건과 내 죽음에 관한 내용만이 아니었다.

"대한민국에서 가장 빠르게 힘을 얻는 방법은 돈을 많이 보유하는 거지."

돈이면 죽은 귀신도 부린다.

오죽했으면 이런 말이 있겠는가?

재벌들이 불법을 저지르고도 공권력 앞에서 당당할 수

있는 것은 바로 죽은 귀신도 부린다는 돈이 넘쳐나기 때문
이었다.

그리고 지금의 내게는 그 돈을 아주 쉽게 벌 수 있는 방
법들이 다수 있었다.

[4,100,000,000원]

현재 은행에 보유하고 있는 현금은 41억 원.

차태현, 박무봉, 케빈에게 투자한 금액과 건물을 제외하
고, 현재 내가 바로 운용할 수 있는 돈은 이게 전부인 셈이
었다.

누군가는 평생 단 한 번도 만져 볼 수 없을 정도의 거금
이기도 하지만, 내 계획을 실행하기에는 턱없이 부족한 액
수였다.

"이 정도로는 부족해. 적어도 이 금액의 백배, 아니 천배
가 있다면 모르겠지만 말이야."

4조의 금액이면 적어도 대한민국을 뒤흔들기에는 충분
한 금액이었다.

"설마 내가 주식을 하게 될 줄은 몰랐네."

여행자의 능력을 가졌다고 해도 모든 만능은 아니다.

특히 이번 여행을 제외하고 이전까지 내가 갔던 곳들은
모두 과거였다.

그렇기 때문에 현재까지 돈을 번 수단은 과거에 물건과 돈을 숨겨 두고 현 시점에서 회수하는 방법뿐이었다.

하지만 이 방법에는 많은 단점들이 있었다.

첫째, 과거의 가장 가치 있는 골동품이다. 하지만 대한민국은 일제강점기와 6.25 전쟁이라는 최악의 시간을 보냈다.

기껏 과거의 시점에서 골동품을 숨겨도 해당 사건들로 인해 물건들이 모두 박살 나거나 타인에게 도둑맞을 가능성이 있다는 것이다.

둘째, 대규모의 판매가 불가능하다. 운이 좋아 값비싼 골동품 수십 점을 얻었다고 하자.

이산의 시점에서 발견한 내탕고와 같은 경우를 예로 들 수 있다.

분명 상당한 값어치를 지니고 있는 물건들이지만 그것들을 처분하는 일은 결코 쉬운 일이 아니었다.

일단 구매자를 찾아야 하고 양지에서 자유롭게 움직이기도 어려웠다.

바로 문화재청 때문이었다.

대놓고 물건을 처분하다 보면 자칫 도굴이나 불법 밀매로 오해받을 가능성이 다분했기 때문이었다.

마지막으로 셋째.

임무를 병행하면서 다수의 물건을 숨기는 것이 쉽지 않다는 점이다.

특히 사회적으로 지위가 아주 높거나 돈이 많지 않다면, 더 어렵다고 할 수 있었다.

애초에 그 많은 과거의 여행 중에서 돈을 벌었던 것은 황금 그룹의 송지철과 정조 대왕 이산이 되었던 두 번의 여행뿐이었다.

"그에 비해 미래에서는 과거를 알기가 아주 쉬우니까."

타닥– 탁 –

키보드 자판을 몇 번 두드리자 모니터에 각 회사의 주가 정보가 떠올랐다.

[대한 전자 3,100,000원]
[정일 약품 5,200원]
[한성 그룹 560,000원]
[동민 식품 34,100원]
[아전 철강 289,000원]

·

·

·

십여 개의 회사와 주가.

이곳들은 짧게는 3개월, 길게는 1년 이내에 주가가 10% 이상 오르는 곳들이었다.

10%면 별것 아니라고 할 수 있지만, 대한 그룹의 계열사인 대한 전자의 10%면 대충 30만 원이다.

30억을 투자해서 천 주를 구매할 경우, 앉은 자리에서 3억의 수익을 내는 것이 가능했다.

액수를 올려 300억을 투자하면 수익금은 30억이 넘는다.

금감원의 조사?

그런 것은 걱정할 필요 없다.

300억이 엄청난 거금이긴 하지만 대한 전자의 시가 총액인 220조에 비하면 새발의 피였다.

물론 이만한 거금을 1주당 주가가 5,200원밖에 하지 않는 정일 약품에 투자한다면 얘기는 달라진다.

10%가 오른다는 것을 알아도 시총이 낮은 기업에 한 번에 거금이 투입되면 내가 알던 미래와 전혀 다른 상황으로 흘러갈 수 있기 때문이었다.

그러니 주가가 오른다는 것을 알아도 이미 상장한 회사 같은 경우 영향력을 끼칠 수 있는 액수의 금액만큼 투자하는 건 자제할 필요가 있었다.

"어차피 진짜배기는 따로 있으니까."

탁- 타닥-

다시 키보드를 두드려서 새로운 회사명이 모니터에 나타났다.

[화이트 블루]

　2001년에 창업한 이 회사는 인원수 150명 정도의 중소
기업으로, 현재 비상장인 게임 회사였다.

　"현재 이 회사의 비상장주 가치는 1,500원. 하지만 1년
이내에 이 회사의 주가는 50만 원을 찍고 최고조는 55만
원까지 가게 되지."

　무려 300배.

　이 정도면 길가에 나도는 돌멩이가 금덩이로 바뀌는 수
준이었다.

　이렇게 갑자기 주가가 폭등한 이유가 뭘까?

　이유는 간단하다.

　화이트 블루에서 5년 동안 만들었던 게임이 대박, 아니
그야말로 슈퍼 울트라급의 초대박을 쳤기 때문이었다.

　화이트 블루에서 개발한 게임의 이름은 B&B(Battle &
Battele).

　B&B라는 이름을 가진 이 게임은 다수의 유저가 수백 가
지의 무기 중에서 한 가지를 선택, 가상의 도시와 지역을
배경으로 최후의 한 명이 남을 때까지 싸워야 하는 배틀 로
얄 콘셉트의 온라인 FPS 게임이었다.

　국내에서 개발 및 출시한 FPS 게임이 해외에서 성공을
거둔 적이 없던 것은 아니었다.

아시아 지역에서는 이미 그 흥행성을 인정했고 수십에서 수백만의 동시 접속자를 이끌어 내기도 했다.

하지만 글로벌, 유럽 지역에서는 매번 참패를 겪어 왔다.

그렇다 보니 알게 모르게 국내에서 개발한 FPS 게임은 유럽 시장에서 성공할 수 없다는 선입견이 국내 게임 개발사들의 지배적인 의견으로 자리 잡았다.

그런데도 화이트 블루가 개발한 B&B는 아시아가 아닌 글로벌 시장을 겨냥해서 개발했으며, 엄청난 흥행 성적을 일구어 냈다.

출시 직후 타사의 FPS 게임을 제치고 최단기간에 수백만의 DLC를 판매하는 것은 물론 세계의 각종 게임 포털 사이트에서 인기 순위 1위를 달성한 것이다.

뿐만 아니라 뒤늦게 국내에서도 입소문이 퍼지며 갓 배틀이라는 명칭으로 엄청난 흥행몰이를 하게 된다.

"이 게임 하나로 5년이 지난 후에도 화이트 블루는 국내 최대 게임 회사 중 하나로 꼽히게 되니까."

중소기업이었던 회사가 준대기업으로 성장했다.

아울러 화이트 블루의 초대 창립자인 김의성은 B&B의 흥행에 힘입어 불과 마흔 살이라는 나이에 대한민국 부자 순위 30위에 랭크되는 기염을 토해 냈다.

정말 말 그대로 인생 한 방이라는 것을 여실히 보여 준 것이다.

"예정대로라면 B&B의 출시는 50일 정도 남았지만, 내부에서도 성공을 장담하지 못하는 상황이기 때문에 크게 주목받지 못하고 있을 거야."

B&B 프로젝트를 진두지휘했던 하강일 PD의 인터뷰 기사를 미래에서 봤다.

출시 하루 전날까지만 해도 회사의 사업팀과 주변의 반응은 '정말 이 게임이 성공할 수 있을까? 아니, 성공은커녕 투자한 금액은 뽑을 수 있을까?'라는 반응이 지배적이었다고 한다.

인력이 부족해서 사람을 뽑으려고 해도 회사의 비주류 프로젝트였기 때문에 지원은 한정된 상황.

또 한국에서 인기 있는 장르의 게임이 아니라는 점 때문에 개발자들도 지원을 꺼려 했다고 한다.

그렇게 온갖 힘든 상황을 이겨 내고 B&B는 대성공을 거뒀다.

덕분에 하강일 PD를 비롯해 B&B의 개발에 참여한 직원들의 기쁨은 대한민국이 2002년 월드컵에서 4강 신화를 이뤘을 때와 비교해서도 부족하지 않았다고 기사에는 적혀 있었다.

"이번에는 그 기쁨, 나도 좀 나눠 가져야겠습니다."

씩-

입가에 미소를 짓고는 키보드의 자판을 두드렸다.

모니터 화면을 통해 나온 것은 화이트 블루의 공식 홈페이지였다.

앞서 말했듯 비상장 주식은 상장을 하지 않은 주식을 뜻한다.

다시 말해서 일반 주식처럼 증권 거래소를 통한 거래가 불가능하기 때문에, 주식을 매매하기 위해서는 개인 거래 혹은 컨설턴트 중개를 통해 주식을 매입할 수밖에 없었다.

하지만 이런 경우 원하는 만큼 주식을 매입하기가 쉽지 않았다.

애초에 비상장 주식을 가지고 있는 사람들은 장기적인 투자의 목적을 가진 이들이 대부분이다.

흔히 말해서 묵혀 두는 주식인 것이다.

애초에 주식의 가치도 크지 않고 영향력이 적으니 어지간해서는 판매하지 않기 때문에, 유통되는 주식수가 적어 물량 수급에 어려움을 겪을 수밖에 없었다.

따라서 300배가 넘게 오르는 주식임을 알면서도 K-OTC(korea over the-counter)나 38커뮤니케이션을 통해 구매할 경우 충분한 수량의 물량을 구매하지 못할 가능성이 높다.

그럼 다른 방법은 없는 것일까?

그렇지 않다.

앞선 주식 매매보다 더 확실한 방법이 있었다.

딸칵.

내가 화이트 블루의 홈페이지에서 클릭한 것은 바로 투자에 관한 항목이었다.

오랜 기간 돈이 될 만한 게임, 소위 대박을 친 게임이 나오지 않았기 때문에 현 화이트 블루의 재정 상태는 좋지 못했다.

해당 회사는 과거 경영 악화를 이유로 두 차례의 구조조정을 한 이력을 가지고 있었다.

현재도 화이트 블루는 다양한 회사에서 투자를 받는 것은 물론 회사의 비상장 주식을 담보로 돈을 융통하고 있는 상황이었다.

"지금의 화이트 블루라면 내 제안을 절대 거절할 수 없을 거야."

당장 반년만 지나도 주식을 대가로 40억 투자 같은 건 쳐다보지도 않겠지만, 지금은 그 누구도 B&B가 성공할지 모르는 상황이다.

당연히 화이트 블루로서는 투자금이 절실할 수밖에 없었다.

홈페이지에 적힌 메일을 통해 투자를 하고 싶다는 의사와 함께 투자금 액수와 휴대폰 번호를 적어 보냈다.

"우선 10억 정도를 투자하겠다고 적는 게 좋겠지?"

상대 쪽에서 방심하도록 만들어야 내게 유리한 흐름을 만들기가 용이했다.

또한, 회사로 직접 전화를 걸지 않은 것은 화이트 블루 쪽도 충분히 상황을 파악할 만한 시간을 주기 위해서였다.

어차피 B&B가 출시하기 전까지는 아직 50일이란 시간이 남아 있었다.

시간에 여유가 있으니, 만약 화이트 블루에서 내 투자 제의를 거절한다면 다른 방법으로 전략을 수정하면 그만이었다.

귀찮음을 감수하고 K-OTC를 통해 주식을 매수할 수도 있고 혹은 이미 다른 회사에서 투자를 조건으로 받은 화이트 블루의 주식을 구매하는 방법도 있다.

하지만 이와 같은 방법을 취하지 않은 것은 자칫 어중이 떠중이들이 냄새를 맡고 모여드는 것을 막기 위해서였다.

최대한 내가 알고 있는 미래의 방향으로 흐름이 흘러가게 만들어야지만 이미 알고 있는 미래의 지식이 쓸모가 있는 것이다.

탁!

엔터키를 눌러 메일을 보낸 뒤 휴대폰을 집어 들었다.

"자, 그럼 연락이 올 때까지 다음 일을 시작해 보자."

Chapter 146. 화이트 블루

"어? 이게 뭐야?"

올해 입사 5년차, 화이트 블루 재무팀 소속의 최하경 대리는 쓰고 있던 안경을 고쳐 썼다.

그리고는 다시 한 번 자신이 확인한 메일을 천천히 읽기 시작했다.

[……상기 이유로, 귀사에 개인 자격으로 10억 원의 투자를 희망하여 연락드립니다. 관련해서 논의하시고 혹 진행할 의향이 있으시다면, 기재한 연락처로 연락 부탁드리겠습니다.]

"이거 진짜인가?"

최하경이 양미간을 모으며 고개를 갸웃거렸다.

회사에 입사한 지 5년이었지만, 홈페이지에 기재된 투자 메일을 통해 이렇게 메일이 온 적은 처음이었다.

바로 그때 그녀의 뒤에서 인기척이 느껴졌다.

"뭔데 그래?"

"아! 팀장님."

최하경 대리가 뒤쪽으로 고개를 돌리고는 짧게 고개를 숙였다.

그는 올해 입사 12년차로 재무팀 팀장인 박한열이었다.

화이트 블루의 창립일은 2001년.

그리고 본격적인 회사의 조직 체계가 갖춰진 것은 온라인 PC MMORPG였던 비스타가 2004년 출시해서 흥행몰이에 성공한 2005년쯤이었다.

다시 말해서 박한열 팀장은 회사의 조직체계가 갖춰지고 바로 입사한 격이라고 할 수 있었다.

"그게 저희 회사에 투자하겠다는 메일이 왔는데요. 적혀 있기로는 10억 정도예요."

"10억?"

박한열 팀장이 놀란 얼굴로 반문했다.

사실 인원수가 150명이나 되는 회사에서 10억은 그리 큰 돈은 아니었다.

단순히 한 달 동안 고정적으로 지출되는 인건비만 해도 수익이 넘기 때문이었다.

또한 당장 출시한 게임 중 흥행하는 게임이 없다고는 하지만, 기존에 출시한 게임들만 하더라도 꾸준히 회사를 운영할 정도의 자금은 벌어들이고 있었다.

물론 문제는 벌고 있는 액수가 단지 현 상태를 유지할 수 있는 정도라는 것뿐이었다.

현재의 수익은 시간이 흐르면 감소할 것이고, 그 감소를 이겨 내기 위해서는 새로운 프로젝트와 기술 개발이 지속적으로 병행되어야 한다.

마치 수레바퀴가 돌아가듯 말이다.

하지만 현재 화이트 블루의 재정으로는 그런 순환 구조가 빠듯한 상태였다.

"당연히 장난 메일이겠죠?"

"단정할 순 없지. 옛날에는 이런 메일이 제법 왔었으니까."

"진짜요?"

최하경의 반문에 박한열이 고개를 끄덕였다.

확실히 화이트 블루의 초기만 해도 비스타의 성공에 힘입어서 이런 종류의 투자 제의가 제법 있었다.

그리고 현재의 임원진 대부분은 그런 추억을 가슴에 가지고 있는 사람들이었다.

그렇기 때문에 몇 년 동안 홈페이지를 통한 투자 제안 메일이 단 한 건도 들어오지 않았음에도 이를 없애지 않고 남겨 뒀던 것이다.

"그럼 이거 진짜일 수도 있겠네요?"

최하경의 시선이 다시 모니터로 향했다.

시선은 10억이라는 숫자에 고정됐다.

최하경 대리 역시 단순히 액수에 놀란 것은 아니다.

그녀 또한 입사 5년차로 수백 명이 다니는 회사의 재정을 책임지는 부서에서 근무한 짬이 있지 않은가?

다만 지금 이 순간 최하경의 머릿속에 떠오른 건 연쇄효과였다.

"음, 정말 투자를 받을 수 있다면 회사 입장에서는 꽤 호재이지 않을까요? 사업팀에 있는 친구한테 듣기로는 B&B 출시가 얼마 남지 않았다고 하던데."

"맞아. 아무리 길어도 두 달을 넘기진 않을 거야. 개발팀에서는 아쉬워하는 것 같긴 하지만, 좀 더 시간을 주기에는 현재 회사 재정 상태가 좋지 못하니까. 그리고 그건 이 메일에 적혀 있는 대로 투자를 받아도 마찬가지일 테고. 하지만 이 정도라면 언론에 홍보 자료를 뿌리기에는 부족함이 없지."

게임이 출시되기 전 10억을 투자받았다.

평범한 일반인이라면 어떤 생각을 할까?

수백 명이 다니는 회사에 10억 투자를 받은 일이 그리 대단한 일은 아니라고 치부할까?

아니면 화이트 블루에서 과연 얼마나 대단한 게임이 나오기에 출시도 하기 전에 이만한 액수를 투자받은 것일까 하는 궁금증을 갖게 될까?

당연히 회사에 대한 관심은 높아질 것이고, 그렇게 될 경우 소액 투자자들의 문의가 연이어 발생할 가능성이 높았다.

그렇게 하나의 흐름이 만들어지기 시작하면, 정말 큰손이라 불리는 투자자들이 회사에 관심을 가질 가능성이 커질 수 있었다.

"일단 최 대리가 거기 적힌 연락처로 전화해서 정말 투자할 의향이 있는지 알아보고, 있다면 한번 회사로 방문해 달라고 정중하게 요청해 봐."

"회사로요?"

"그래, 회사에 대해서 소개하는 자리를 한번 가져야 할 테니까."

"아아!"

"그리고 투자자 신분 확실히 확인하는 것도 잊지 말고."

신분을 확인하라는 말에 최하경 대리가 고개를 갸웃거렸다.

그 모습에 박한열이 가볍게 혀를 차며 말했다.

"세상에 사기꾼이 얼마나 많은데. 불순한 의도로 찔러 보는 놈일 수도 있으니까 하는 말이야."

"아! 네, 알겠습니다."

"그래. 그럼 당장 연락해 보고. 혹시 모르니까 대표님께 얘기는 해 둘게. 갑자기 내일이라도 방문하겠다고 하면 곤란하니까."

최하경이 수화기를 드는 모습을 확인하고 박한열은 걸음을 옮겼다.

물론 이때까지만 해도 그는 이번 투자에 대해 크게 생각을 하지 않았다.

스타트업이라면 모를까, 아무리 현재 화이트 블루의 사정이 그리 좋지 않다고 해도 10억 때문에 희비를 느낄 정도는 아니었다.

차라리 내년 직원들의 연봉을 동결하거나 구조조정을 통해 규모를 줄이는 게 회사의 입장에서는 10억을 투자받는 것보다 더 효율이 좋을 수 있었다.

재무팀장으로서 할 생각은 아니지만, 어디까지나 현실이 그러했다.

'뭐, 대부분의 투자자가 처음에는 투자액을 부풀려서 말하기 마련이니까. 10억을 거론했으면, 실제로는 5억에서 7억 정도겠지?'

적어도 지금까지의 경험을 토대로 박한열은 그렇게 생각

했다.

곧 몰려올 폭풍은 상상도 하지 못한 채 말이다.

본래 경기도 광주에서 처음 시작했던 화이트 블루는 꾸준한 성장을 통해 서울 삼성역으로 본사를 이전했다.

이때가 바로 화이트 블루의 최전성기라고 할 수 있는데, PC MMORPG인 비스타가 오픈을 하며 본격적으로 흥행 가도를 달리던 시기였기 때문이다.

업계에서는 비스타의 성공을 놓고 화이트 블루가 소위 3N이라 말하는 기업들과 어깨를 나란히 하는 거두가 될 것으로 전망했었다.

3N이란 넥슨, 네오위즈, 엔씨 소프트 등 게임 산업 초창기부터 업계를 주름잡는 기업들을 가리키는 용어였다.

지금에 이르러서는 넥슨, 넷마블, 엔씨 소프트를 칭하는 대명사처럼 굳어졌지만, 어찌 됐든 대한민국 게임 업계를 대표하는 회사를 가리키는 용어임은 변함이 없었다.

아무튼 많은 이들이 화이트 블루가 크게 성장할 것으로 예상했고 코스닥의 상장까지도 예상했다.

실제로 화이트 블루에서는 비스타에 이은 차기작이 어느 정도 흥행에 성공하면, 상장할 계획을 가지고 있었다.

덕분에 당시 비상장 회사였던 화이트 블루의 주가는 2만 원을 호가했다.

지금으로 10년 전임을 생각하면 게임 회사, 그것도 비상장 회사치고는 상당한 가격이었다.

하지만 소위 말하는 첫 끗발이 개 끗발이었던 것일까?

안타깝게도 비스타 이후 내놓는 게임이 연달아 흥행에 실패했고, 오랜 기간 흥행에 성공한 게임을 내놓지 못했다.

중간 중간 수백억을 투자해서 로열 사가, 페르노드 연대기 같은 대형 MMORPG 게임을 출시했지만 간신히 개발비를 뽑을 정도였고, 이후 전략을 바꿔 뛰어든 모바일 게임 시장에서도 참패를 겪었다.

때문에 대외적으로는 미국의 실리콘 벨리라고 불리는 한국의 테크노 벨리, 판교에 합류해 IT 개발의 선두주자가 되겠다는 일념 아래 본사를 이전했지만, 실상은 경영 악화로 인해 삼성역 본사의 건물을 매각하고 쫓겨나듯 판교로 이동한 것이나 진배없었다.

현재 개발 중인 게임들은 대부분 그때의 차액을 바탕으로 진행하는 상황이었다.

"그래도 건물은 멋지네?"

재무팀 직원인 최하경 대리의 안내를 받고 방문한 화이트 블루 본사의 사옥은 비록 3층에 불과했지만, 아담하면서도 단아한 멋이 있었다.

지하 주차장에 차를 주차하고 1층의 인포메이션으로 향하자, 오가는 사람들의 모습이 보였다.

자유로운 발상과 창의적인 아이디어가 중요한 회사답게 모두들 격식 있는 복장보다는 편안한 캐주얼 차림의 복장이 대부분이었다.

"안녕하십니까. 어떻게 오셨나요?"

인포메이션의 직원이 친절한 미소와 함께 방문 용건을 물었다.

"재무팀 최하경 대리를 만나러 왔습니다. 한정훈이라고 전해 주면 됩니다."

"잠시만 기다려 주시겠습니까?"

직원이 전화기를 들고 몇 마디를 나누더니, 이내 다시 미소와 함께 입을 열었다.

"지금 이곳으로 내려온다고 하시네요. 잠시만 기다려 주세요."

인포메이션 직원의 안내에 따라 5분 정도 기다렸을까?

엘리베이터가 있는 방향에서 청바지와 하얀 블라우스가 유난히 도드라지는 여성이 뛰어왔다.

나이는 20대 중반 정도 됐을까?

그녀는 어디를 가서도 한 번쯤은 뒤를 돌아보게 만들 정도로 매력이 있어 보이는 미인이었다.

"한정훈 투자자님?"

"최하경 대리님이신가요?"

"네. 이렇게 저희 화이트 블루를 찾아 주셔서 감사드립니다."

정중하게 고개를 숙인 최하경 대리가 이내 손을 뻗어 엘리베이터 쪽을 가리켰다.

"이쪽으로 가시죠. 위에서 임원진 분들이 기다리고 계십니다."

최하경 대리의 안내를 받으며 3층으로 향하자 줄지어 있는 파티션들이 보였다.

각기 두 대 혹은 세 대의 모니터를 두고 자리에서 맡은 일에 집중하는 모습들이 인상적이었다.

'저기가 B&B 팀인가?'

최하경 대리의 뒤를 따라 걷는 도중 B&B 기획팀이라는 명패가 붙어 있는 파티션이 보였다.

오픈이 멀지 않은 시점이기 때문일까?

눈 밑에 다크 서클이 가득하고 머리카락은 떡이 져 있는 것이 하나같이 피로에 찌든 모습이었다.

"……야근이 꽤 많은 모양이네요?"

은근슬쩍 B&B 팀의 파티션 쪽을 가리키며 묻자 최하경 대리가 당황한 표정을 지었다.

"네?"

"저기 저쪽 파티션 분들이요. 얼굴이 너무 피곤해 보이셔서요."

"아! 아마 크런치 기간이라서 그러실 거예요."

"크런치?"

"게임 업계에서 자주 사용하는 용어예요. 오픈이 얼마 남지 않은 시점에서 집중 업무가 필요할 때를 가리켜 크런 치라고 한답니다."

"아!"

"아무래도 오픈이 코앞이다 보니 야근도 많고 그래서 외 부인이 보기에는 피로에 찌든 모습으로밖에 생각 안 되실 거예요."

어느 정도 이해가 됐다.

누군가는 미리미리 준비를 하면 야근하지 않아도 되지 않느냐고 말할 수도 있을 것이다.

하지만 사람이 하는 일에는 늘 실수가 있고 예상하지 못 한 변수가 생기기 마련이었다.

'회사가 망하면 결국 직원들도 망하는 건 매한가지니까. 어쩔 수 없는 부분일 수밖에 없겠지.'

다만 회사를 위해 직원들이 이런 고생을 했는데 결과가 좋게 나왔을 때 그에 상응하는 대가를 베풀지 않는다면, 그 회사는 언젠가 망할 수밖에 없을 것이다.

한 번 혹은 두 번은 속을지언정 세 번을 속을 사람을 없 을 테니까 말이다.

스윽—

다이몬드라고 적힌 회의실로 들어서자 그곳에는 두 명의
사내와 한 명의 여성이 앉아 있었다.

최하경 대리가 안내해 준 곳으로 가서 앉자 맞은편에 앉
아 있는 사람들이 끝에서부터 차례대로 자리에서 일어섰
다.

"안녕하세요. 화이트 블루 홍보팀 이태임 팀장입니다."

"처음 뵙겠습니다. 사업실 김성렬 실장입니다."

"저희 화이트 블루를 찾아 주셔서 감사드립니다. 재무팀
장 박한열입니다."

세 사람의 인사가 끝나자 나 역시 가볍게 고개를 숙이고
는 말문을 열었다.

"반갑습니다. 한정훈이라고 합니다."

인사를 끝내고 세 사람을 훑어보니, 30대 후반에서 40대
초반 정도의 나이였다.

한 회사에서 팀장과 실장을 맡고 있는 직책자라고 보기
에는 다소 어린 나이라 볼 수 있었다.

그러나 게임 회사 같은 경우 직원들의 평균 나이가 30대
초반에 불과했기 때문에 임원진들 또한 전체적으로 그 연
령대가 낮을 수밖에 없었다.

"일단 저희 화이트 블루에 투자 의향을 밝혀 주신 점에
대해 다시 한 번 진심으로 감사의 말씀을 드리겠습니다.

투자와 관련한 얘기를 나누기에 앞서 현재 저희 회사의 상황에 대한 프레젠테이션을 준비했는데, 혹 시간이 괜찮으시다면 봐 주시겠습니까?"

"안 볼 이유가 없죠. 지금 바로 시작하셔도 괜찮습니다."

미래를 보자면 사실 지금 내 눈앞에 있는 이들이 갑이고 내가 을이 되어야 하지만, 이들은 미래를 알지 못한다.

당연히 현 시점에서 갑은 돈을 투자하겠다고 찾아온 나였고 화이트 블루는 을이었다.

대략 1시간 정도 사업팀과 홍보팀에서 준비한 프레젠테이션을 감상했다.

결과부터 말하자면 안타까움이 들었다.

'B&B가 오픈 전까지 아무런 관심을 받지 못했다는 게 정말 사실인가 보네.'

사업팀과 홍보팀에서 준비한 프레젠테이션에서 B&B가 차지하는 부분은 극히 일부에 불과했다.

저희 회사에서 이런 게임을 만들고 있다는 정도의 소개라고나 할까?

반면 두 팀에서 공들여 소개한 게임은 기사 한 줄 보지 못한 게임이었다.

모르긴 몰라도 B&B 성공 이후 그만한 퀄리티가 나오지 않아 프로젝트가 접혔을 가능성이 높았다.

짝— 짝—

회의실 안에 불이 켜지자 가볍게 박수를 쳤다.

프레젠테이션이 감동적이고 멋있었다기보다는 적어도 준비한 사람을 향한 일종의 예의였다.

"어떻게 잘 보셨습니까?"

"네, 잘 봤습니다. 이렇게 준비해 주셔서 감사합니다."

"그럼, 이제 투자에 관한 얘기를 나눠도 괜찮을까요? 메일에 적힌 내용에 의하면 저희 회사에 10억 원을 투자하시겠다고⋯⋯."

스윽—

재무팀장 박한열의 말이 끝나기 전에 오른손을 들어 올렸다.

"얘기 중에 정정할 부분이 있는 것 같습니다."

"정정이요?"

"투자액 부분입니다만."

순간 박한열의 입꼬리가 미세하게 떨린다.

'혹시 투자액을 깎으려 한다고 생각하는 건가?'

본인은 모르겠지만 내 눈에는 그런 모습이 여실 없이 들어왔다.

"흠흠. 혹시 말씀하신 액수보다 투자액이 적으셔도 괜찮습니다. 저희 화이트 블루에 투자해 주신다는 것만으로 저희는⋯⋯."

"40억입니다."

말을 잇던 박한열이 눈을 동그랗게 뜬다.

그리고 그건 옆에 있던 사업실 김성렬 실장과 홍보팀 이태임 팀장 역시 마찬가지였다.

"40억?"

"박 팀장님, 10억이라고 하지 않으셨어요?"

두 사람의 질문에 박한열이 고개를 끄덕였다.

"네. 분명 메일에는 그렇게 적혀 있었습니다."

박한열이 다시 내게로 시선을 돌렸다.

설명이 필요하다는 눈초리였다.

"메일에는 10억이라고 적은 게 맞습니다. 갑자기 많은 돈을 투자한다고 하면 사기꾼이라고 생각하실 수 있으니까요. 그렇게 되면 이렇게 빠른 시일 내에 화이트 블루로 초대받지 못했겠지요."

세 사람은 꿀 먹은 벙어리처럼 나를 쳐다봤다.

내 말이 사실이었기 때문이다.

액수가 컸다면 일단 의심부터 했을 것이다.

"그럼, 정말 40억을 투자하실 생각이십니까?"

정신을 추스른 박한열이 다시 물었다.

"네, 물론입니다. 사실 40억보다 더 투자할 의향도 있습니다."

세 사람의 눈동자가 또 다시 흔들린다.

현재 보유한 금액은 41억.

하지만 대출을 받거나 주변의 도움을 받는다면, 충분히 100억 정도는 화이트 블루에 투자할 여력이 되었다.

만약 제대로만 투자가 된다면, 100억의 300배.

총 3조원이나 되는 천문학적인 거금이 내 손에 들어오게 된다.

'뭐, 현재 화이트 블루의 상황이 100억을 감당할 수 있어야 하겠지만.'

투자라는 것이 하고 싶다고 해서 마음대로 돈을 들이부을 수 있는 것은 아니었다.

"그, 그럼 혹시 맥시멈으로 어느 정도를 생각하시는지 여쭤봐도 되겠습니까?"

"음. 지금으로선 100억 정도를 맥시멈으로 볼 수 있겠네요."

"100억!"

이태임 팀장이 짧은 감탄사를 토해 냈다.

"하지만 제가 투자를 하고 싶다고 해서 그 돈을 모두 투자할 수 있는 건 아니지 않겠습니까?"

"네? 아니 저희는 많으면 많을수록…… 아! 그, 그건 그렇죠."

무슨 소리인가 하고 반문했던 이태임이 옆의 두 사람의 눈짓을 받고는 급히 입을 다물었다.

하지만 이미 말은 밖으로 나온 뒤였다.

김성렬 실장이 가볍게 한숨을 내쉬며 말했다.

"방금 이태임 팀장이 말한 것처럼 저희 입장에서는 투자를 많이 받으면 받을수록 좋기는 합니다. 하지만 투자자께서도 원하시는 게 있을 테니, 일단 그 부분이 상충되면 아무래도 어려울 수 있겠죠."

맞는 말이다.

예를 들어 100억을 투자할 테니, 향후 5년 동안 B&B가 얻게 되는 수익의 절반을 내게 달라는 조건은 화이트 블루 쪽에서 받아들일 리가 없다.

아무리 미래의 일은 알 수 없다고 해도 화이트 블루 입장에서 오픈도 하기 전에 자신들이 개발한 게임을 포기할 수는 없는 것이다.

또한, 이미 존재하는 다른 투자자들이 그런 거래를 그냥 두고 보고 있을 리 만무했다.

우웅- 우웅-

바로 그 순간, 박한열의 앞에 놓인 휴대폰에서 진동음이 흘러나왔다.

"잠시 실례하겠습니다."

휴대폰을 들어 내용을 확인한 박한열이 반색하며 입을 열었다.

"사장님께서 도착하셨다고 합니다. 잠깐 외부 일정이 있으셔서 나가셨는데, 지금 막 들어오셨다고 합니다. 잠시 쉬었다가 다시 얘기를 나누시는 게 어떠십니까?"

"좋습니다. 그럼, 잠깐 쉬는 시간 동안 개발하고 있는 게임 좀 구경시켜 주시겠습니까?"

내 제안에 박한열과 이태임의 시선이 김성렬에게로 향했다.

아무래도 개발 쪽은 재무와 홍보보다는 사업 쪽이 더 긴밀히 연관되었기 때문이었다.

'그래도 투자를 하러 왔으니, 게임을 살펴보는 퍼포먼스 정도는 하는 게 좋겠지?'

마음 같아서는 이것저것 따지지 않고 B&B에 모두 투자하고 싶었다.

하지만 사전에 할 말을 여럿 만들어 두는 것이 훗날 발생할지도 모를 구설수를 해명하기 위한 방편으로는 안성맞춤이었다.

스윽―

김성렬 실장이 자리에서 일어서며 회의실 문을 향해 손짓했다.

"알겠습니다. 그럼, 이리로. 제가 직접 안내해 드리도록 하겠습니다."

❖　❖　❖

　최근 악화된 경영 상태를 해결하고자 투자자를 만나러 나갔다가 복귀한 화이트 블루의 사장 이유승은 보고를 받기 무섭게 입을 떡하니 벌릴 수밖에 없었다.

　"매, 맥시멈으로 100억?"

　이유승이 조금 전 회사를 비우고 만난 투자자가 바로 30억짜리였다.

　'엄청 재수 없고 거들먹거리는 녀석이었지.'

　상대는 당장 30억을 투자할 것처럼 이유승을 치켜세웠다.

　그렇기 때문에 투자에 앞서 일인분에 15만 원이나 하는 일식을 먹이고 한 병에 50만 원에 달하는 술을 대접했다.

　당장 회사 사정이 좋지 않은 상황에서 이런 돈을 쓴다는 것이 아깝기는 했지만, 그래도 투자를 받기 위한 일이니 어쩔 수 없다고 스스로를 위안했다.

　하지만 막상 계약서에 도장을 찍을 때가 되니, 상대는 이런저런 말을 들먹이며 투자를 미루기 시작했다.

　차라리 상대가 돈이 없는 단순한 사기꾼이었다면 포기도 빨랐을 것이다.

　하지만 투자자는 분명 30억이란 돈을 가지고 있었다.

　그렇기 때문에 이유승은 쉽게 체념하지 못했다.

하지만 시간이 지나고 보니 이제야 알 것 같다.

놈은 자신이 가진 돈을 이용해서 투자금이 필요한 사람들에게 접근한 뒤 고가의 음식과 선물만 챙기는 것을 전문적으로 노리는 거머리 같은 놈이었던 것이다.

애초에 투자를 받는 쪽에서 호의로 식사와 선물을 했던 것이기 때문에 사기죄로 경찰에 고소하기도 어려웠다.

"……혹시 이놈도 그런 녀석 아니야?"

"네?"

"아무것도 아니네."

최하경 대리의 반문에 이유승 사장이 고개를 흔들었다.

이미 한 번 당했기 때문일까?

아무래도 처음보다 더 의심이 될 수밖에 없었다.

"참, 최 대리."

"네, 사장님."

"그래서 그 투자자라는 사람은 무슨 일을 하는 사람이라던가? 투자 회사를 다닌다거나 혹시 이전에 투자 이력이 있던가?"

"그게 조금 이상합니다."

"이상?"

"본인 말로는 공무원이라던데요."

멈칫.

앞서 걸어가던 이유승 사장이 걸음을 멈추고 고개를 뒤로 돌렸다.

"공무원? 지금 공무원이 우리 회사에 100억을 투자한다고? 혹시 정부에서 나온 뭐 그런 건가?"

"그런 건 아닌 것 같습니다. 그리고 어제 보고를 드렸던 것처럼, 처음 제시했던 액수는 10억이었습니다. 그런데 조금 전 회의실에서 프레젠테이션을 보고 난 뒤로 투자액의 맥시멈이 100억이라고 말했다고 합니다. 물론 저희가 받아들일 경우에 말입니다."

"흐음."

"그리고 한 가지가 더 있는데요."

"뭔가?"

"나이가 꽤 어립니다."

"자네가 그리 말할 정도라면, 30대 정도인가?"

과거 본인도 개발자였으며, 흔히 1세대 개발자라고 불리는 이유승의 나이가 이제 47살이었다.

"그게 많이 봐야 이십대 중후반인 것 같습니다."

"뭐? 이십대?"

당황한 이유승이 그사이 까칠까칠하게 자란 턱수염을 쓰다듬었다.

이십대의 투자자, 그리고 100억.

당연한 얘기지만 10억이 갖는 의미와 100억은 전혀 다르다.

'사기꾼인가? 그게 아니라면 어디 재벌가의 자식?'

머릿속에 갖가지 생각이 떠올랐다.

물론 그중 가장 많은 비중을 차지하는 생각은 사기꾼에 대한 것이었다.

하지만 그렇다고 해서 지금 당장 결정을 내릴 수는 없었다.

만약 100억을 투자받는다면, 당장 당면한 경영 악화 문제를 쉽게 해결할 수 있기 때문이었다.

문제는 지금 회사를 찾은 인물이 사기꾼이 아니라고 해도 조금 전 그가 만난 거머리 같은 녀석과 같을 수도 있다는 것이다.

좀 더 큰 거머리 말이다.

"흐음. 일단 알았으니, 회의실로 가도록 하세."

Chapter 147. 현실의 여행자

    김성렬 실장의 소개를 받으며, 화이트 블루에서 개발 중인 게임과 개발자들의 모습을 바로 지척에서 지켜볼 수 있었다.

    그 덕분에 어째서 B&B가 성공할 수 있었는가에 대한 의문을 해결할 수가 있었다.

    '몸은 피곤해 보이지만, 개발자들의 눈은 살아 있어.'

    사람은 당장 몸이 피로하면, 눈에서 생기가 사라지기 마련이었다.

    하지만 B&B를 개발하고 있는 개발자들의 상태는 몸은 만신창이여도 눈에는 생기가 가득했다.

그건 정말로 자신이 좋아하는 일을 하고 있을 때 가질 수 있는 눈이었다.

'자신이 재미있고 신이 나서 만드는 게임이었으니까 그만한 성공을 거머쥘 수 있었던 거겠지.'

단순히 시대를 잘 만나고 운이 좋았기 때문에 성공한 게임이 아니라는 것을 알 수 있었다.

비록 돈을 벌기 위해서 이곳을 찾아온 것이었지만, 지금은 그런 이유가 아니더라도 저들의 열정에 투자를 하고 싶다는 생각이 들 정도였다.

"투자자님, 회의실에 사장님이 오셨다고 합니다. 이만 가실까요?"

"네, 가시죠."

김성렬 실장의 안내로 다시 회의실로 향하니 못 보던 중년의 사내 한 명이 앉아 있었다.

내가 안으로 들어서자 중년 사내가 잠시 놀란 표정을 짓더니 이내 앞으로 나오며 명함을 내밀었다.

"화이트 블루의 사장 이유승입니다. 투자자께서 이렇게 젊은 분이신 줄 몰랐습니다."

"한정훈이라고 합니다. 명함을 주셨으니, 아무래도 저도 명함을 드리는 게 좋겠네요."

앞서 세 명의 팀장들도 내게 명함을 줬다.

하지만 정작 나는 내가 가진 명함을 그들에게 주지 않았다.

주려고 했던 사람은 따로 있었기 때문이었다.

스윽-

덤덤하게 내가 내민 명함을 받은 이유승 사장이 힐끗 시선을 내려 명함을 확인했다.

그리고는 마치 시간이 정지한 것처럼 이유승 사장의 몸이 굳어졌다.

"사장님?"

"사장님, 괜찮으십니까?"

뒤에서 상황을 지켜보던 이태임 팀장과 박한열 팀장이 당황해 재빨리 앞으로 걸어 나왔다.

이유승 사장이 그런 그들을 향해 손을 들어 올렸다.

"……괜찮네. 전혀 뜻밖의 명함이어서 잠시 놀랐던 것뿐이니까."

이유승 사장의 시선이 다시 나를 향했다.

전과 다르게 매우 조심스러운 눈빛이었다.

"짧지 않은 기간 사업을 하긴 했지만, 투자자로 검사님이 오신 적은 처음인 것 같습니다. 서울중앙지검 한정훈 검사님?"

검사라는 단어가 흘러나오는 순간, 회의실 안의 공기가 얼어붙었다.

박한열, 이태임, 김성렬 세 사람은 놀란 토끼 눈을 한 채나를 바라봤다.

평범한 시민들이 평생을 살면서 검사를 대면할 일이 얼마나 있을까?

대부분은 경찰 선에서 그치는 경우가 다반사였다.

더욱이 상대는 20대의 검사였으며, 그 소속이 검찰청의 끝판왕이라고 불리는 서울중앙지검이었다.

"그렇게 어려워하실 것 없습니다. 오늘은 검사가 아닌 투자자의 신분으로 화이트 블루를 찾은 것뿐입니다. 이 회사에 성장 가능성이 있다고 판단했으니까요."

"그렇습니까?"

"네, 그러니까 어려워하지 마시고 자리에 앉으시죠."

주객이 전도되었다.

내가 자리를 권하자 잠시 침음하던 이유승 사장이 자리에 앉았다.

그 뒤로 남은 세 명의 팀장 역시 각자의 자리를 찾아 앉았다.

'역시 예상한 대로네.'

거래에서 중요한 것은 기세와 흐름이다.

그렇기 때문에 앞서 팀장들에게 내가 검사임을 밝히지 않은 것이다.

만약 그 사실을 말했다면, 곧바로 이유승 사장에게 정보가 들어갔을 것이다.

그럼 상대에게 충분히 준비할 시간을 주는 셈이었다. 혹

급한 일정이 생겼다는 이유로 약속을 미룰 수도 있었다.

하지만 미리 준비를 하지 못한 이들은 시작부터 내게 주도권을 빼앗길 수밖에 없었다.

그렇게 시작된 침묵의 시간.

그 침묵을 먼저 깬 것은 그래도 사장이라는 직함을 가지고 있는 이유승이었다.

"10억, 아니 40억에서 최대 100억까지 투자가 가능하시다고 들었습니다."

"네, 맞습니다."

"우선 어떤 형식으로 투자를 하고 싶으신 건지 여쭤봐도 되겠습니까?"

"일반적입니다. 비상장 주식 혹은 현재 화이트 블루에서 개발 중인 게임에 집중 투자하겠습니다. 향후 게임이 출시되어 수익이 발생할 경우, 일정 기간 동안 일부 %만큼을 받는 방안도 고려하고 있습니다."

"음, 그 말씀은 게임에 대한 직접 투자와 수익금 분배를 생각하고 계신 겁니까?"

이유승 사장이 살짝 놀란 어조로 물었다.

그는 당연히 내가 주식을 대가로 투자할 것으로 생각했기 때문이었다.

"네. 일차적으로는 화이트 블루의 주식을 생각하고 있지만, 상황이 여의치 않다면 두 번째 방안으로 진행해도 괜찮습니다."

"아시겠지만 저희 화이트 블루의 비상장 주식은 현재 1,500원에 거래되고 있습니다. 혹시……."

이유승 사장이 머뭇거렸다.

무슨 뜻인지 알기 때문에 그가 말을 끝내기 전에 내가 먼저 선수를 치고 나섰다.

"주식 거래를 한다면, 현재 형성된 시세대로 하겠습니다. 알고 계시겠지만, 현재 저는 공직자 신분입니다. 혹여 현재 시세보다 낮은 가격으로 거래했다는 게 공개되기라도 한다면, 오히려 문제가 되는 것은 제 쪽이니까요."

공직자라고 해서 주식에 투자하지 못하는 것은 아니다.

문제는 공권력을 이용해 주가를 후려쳐서 매매할 경우였다.

그렇기 때문에 모든 거래는 투명하게 진행할 필요가 있었다.

"현 주가를 고려할 때, 신주인수를 통해 거래를 한다면 대략 660만 주 정도가 되겠군요."

신주인수란 회사가 정관에 기재된 주식의 발행규약에 의해 신주를 발행하여 매매하는 투자 방식을 의미한다.

"……."

"하지만 현재 화이트 블루의 사정으로는 이 정도를 감당하기는 어려울 것으로 생각됩니다."

회사가 어렵다고 신주를 계속 발행할 수 있다면, 망하는 회사는 거의 없을 것이다.

당연히 그에 따른 제약이 존재했고, 애초에 사장과 임원진이라면 경영권 방어에 대해서도 고려할 수밖에 없었다.

"그래서 대략 10억 정도는 신주 매입으로 투자하고 남은 90억은 화이트 블루에서 개발하고 있는 게임에 분산 투자를 하고 싶은데, 어떻습니까?"

이유승 사장이 고개를 돌려 박한열 팀장을 쳐다봤다.

회사의 실질적인 사장은 그였지만, 재무와 관련해서 정통한 것은 박한열 팀장이었다.

박한열 팀장이 미세하게 고개를 끄덕였다.

회사의 입장으로서는 나쁘지 않은 조건이었다.

아니, 아주 좋은 조건이라고 할 수 있었다.

게임에 대한 투자는 쉽게 말해서 게임이 성공하면 큰돈을 벌 수 있지만, 게임이 망할 경우 투자자는 투자액의 단돈 10원도 회수할 수 없었다.

그리되면 자칫 회사의 명성이 떨어질 수도 있겠지만, 재정적으로 손해를 보는 쪽은 투자자이지 회사가 아니었다.

"……혹시 게임에 직접적으로 관여하실 생각이십니까?"

이유승 사장이 조심스럽게 물었다.

소규모 회사의 경우, 거액의 투자자가 투자를 하게 되면 회사의 경영이나 실적에 이리저리 간섭하는 경우가 종종 있었다.

이유승 사장이 걱정하는 것은 혹시 게임에 투자를 하고 그 게임의 방향성이나 개발 정책에 대해 직접적으로 개입할 것에 대한 우려를 표하는 것이었다.

"개발에 대해서 제가 뭘 알겠습니까? 그런 걱정은 하지 않으셔도 됩니다. 원하신다면 계약서에 그 부분이 명시된 조항을 추가해도 좋습니다."

순간적으로 이유승 사장의 얼굴이 밝아졌다.

'괜히 내가 관여해서 게임이 엉뚱한 방향으로 흘러가면 곤란하니까.'

그렇게 되면 나 역시 빈털터리가 되고 말 것이다.

"아시겠지만, 제가 제안하는 조건은 화이트 블루 입장에서는 굉장히 좋은 조건이라고 생각합니다. 10억 정도의 투자는 화이트 블루의 신주 발행으로 문제가 없을 거고, 만약 게임에 대한 투자를 받아들이실 경우 최대 90억을 분산 투자할 생각이니까요. 그리되면 개발에 들어가는 재정적인 부분을 어느 정도 해소하실 수 있으리라 판단되는군요."

90억에서 30억만 B&B에 직접 투자할 수 있어도 다른 게임에 투자한 60억은 비교도 되지 않을 만큼의 돈을 벌 수 있다.

막말로 화이트 블루의 주식에 투자한 10억만 해도 1년 안에 수백억으로 탈바꿈할 예정이었다.

"좋습니다. 저는 검사님의 제안을 긍정적으로 받아들이겠습니다. 그럼, 투자하고 싶은 저희 회사의 게임과 투자액, 그리고 향후 어떤 방식으로 투자액 회수를 계획하고 계신지 말씀해 주시겠습니까?"

결심을 한 듯 이유승 사장이 환한 표정으로 입을 열었다.

그렇게 화이트 블루라는 물고기는 내 낚싯대에 걸린 미끼를 물었다.

화이트 블루에는 총 90억을 투자하기로 결정했다.

투자 방법은 비상장 주식 30억.

B&B 프로젝트에 30억.

에어 그라운드 프로젝트에 15억.

AO 프로젝트에 15억.

3개의 게임 프로젝트는 모두 신규 프로젝트였다.

사실 마음 같아서는 에어 그라운드와 AO 프로젝트가 아닌 B&B에 60억을 모두 투자하고 싶었다.

그러나 훗날을 생각하면, 지금의 분산 투자는 구설수를 피하기 위해서 꼭 필요한 일이었다.

"순수익의 20%를 가져가기로 했으니, 꼭 나쁜 것만은 아니지."

3개의 게임 모두 동일하게 오픈했을 경우, 향후 5년 동안 순수익의 20%를 받기로 계약했다.

물론 어디까지나 게임이 오픈을 하고 수익을 냈을 경우에 한한다는 전제조건이 붙기는 했다.

만약 십 년 동안 게임이 오픈하지 않거나 오픈을 해도 수익을 내지 못하면, 내게 들어오는 금액은 0원이었다.

말 그대로 돈만 날리게 되는 것이다.

이와 같은 조항을 추가했기 때문인지, 화이트 블루 측에서는 수익금의 20% 분배에 대한 조건을 순순히 수락했다.

하지만 3개월이 지나면 그들은 지금의 결정을 땅을 치며 후회하게 될 것이다.

당장 B&B만 하더라도 오픈 연도에 순 매출액만 1조 원이라는 어마어마한 돈을 벌어들이게 된다.

그 말인즉슨, 올해 거두어들이는 순 매출액 1조 원의 순 수익 중 20%가 고스란히 나에게 배당된다는 말이나 다름 없었다.

"매출이야 갈수록 떨어지기는 하겠지만, 그때가 되면 해당 권리를 화이트 블루 쪽에 다시 판매해도 되니까."

계약서의 특약 사항.

상호 협의 아래 갑과 을은 수익금의 %를 재조정할 수 있다.

앞서 말했듯 화이트 블루는 B&B가 오픈한 연도에 1조 원이라는 엄청난 돈을 벌어들이게 된다.

그 돈으로 지금의 3층짜리 사옥이 아닌 지하 5층 지상 10층의 사옥을 새롭게 짓고, 대표와 임원들 역시 엄청난 배당금을 받게 된다.

그때가 되면 고작 30억을 투자해서 5년 동안 순수익의 20%를 가져가게 되는 내가 죽일 놈처럼 보일 것이다.

어쩌겠는가? 그들은 미래를 모르고 나는 알고 있는데.

그때 슬며시 얘기를 꺼내게 되는 것이다.

적당한 액수를 제시하면 계약서를 파기해 줄 수 있다고 말이다.

어차피 B&B가 최고의 매출을 내는 것은 오픈 직후 1~3년. 그 뒤로는 내리막길을 걷기 시작하니, 권리를 판매한다고 해도 내게 손해 볼 것은 없었다.

"돈을 벌 방법이 이것만 있는 건 아니지."

씩-

입꼬리가 절로 올라갔다.

미래에 한 번 다녀왔을 뿐인데, 돈을 벌 방법이 도깨비 보따리마냥 수두룩했다.

물론 개중에서 단번에 가장 큰돈을 벌 수 있는 것은 이미 답이 정해져 있었다.

바로 파워볼이다.

"보스, 지금 뭘 하라고?"

오랜만에 만난 케빈.

사실 그리 오랜만에 보는 것은 아니지만, 감자칩을 먹던 좀 더 어린 모습의 케빈이 얼빠진 표정으로 날 쳐다봤다.

그런 케빈을 향해 난 별다른 말 없이 6개의 번호가 적힌 종이를 내밀었다.

"거기에 적힌 번호로 파워볼을 구입해. 아무래도 시민권 자인 네가 구입하는 게 좋을 것 같으니까. 내가 당첨되면 주변에서 보는 눈도 생각해야 하는데, 신분이 신분인 만큼 귀찮거든."

"……"

"왜?"

"그러니까 이게 다음 회차 파워볼 당첨번호라는 거야? 그것도 1등?"

"맞아."

담담하게 대답하자 케빈이 벅벅 소리가 나도록 머리를 긁었다.

"미치겠네. 이걸 믿을 수도 없고 안 믿을 수도 없고."

"왜 안 믿어?"

"아니, 생각해 봐. 보스라면 지인이 다짜고짜 찾아와서 무려 수조 원짜리 파워볼 당첨번호라며 번호를 딱 내미는데, 바로 믿을 수 있겠어? 미친 것도 아니고. 진짜 내가 보스만 아니었어도 가운데 손가락을 치켜들고 욕을 했을 거라고."

"그래. 나니까 그냥 믿고 진행하면 되는 거야."

표정을 푼 케빈이 이번에는 뚱한 얼굴로 나를 지그시 올려다본다.

어느새 감자칩을 집어 가던 손 또한 멈춰 있었다.

"좋아. 만약 이게 진짜 1등 당첨번호라고 쳐. 그런데 내가 당첨금을 찾아서 그대로 도망가면 어쩌려고 그래?"

"도망갈 거야?"

"만약이라고 했잖아!"

버럭 소리를 내지르는 케빈을 보며 난 미소 지었다.

굳이 진실과 거짓 스킬을 사용하지 않아도 케빈의 말이 그냥 해 보는 소리라는 것은 알 수 있다.

"도망가고 싶으면 도망가도 좋아. 그런데 말이야. 만약 그 순간이 온다면 내가 널 어떻게 찾았고 또 파워볼 1등 당첨번호를 과연 어떻게 알았는지를 한번 생각해 보는 게 좋을 거야."

"……"

"케빈, 비밀 한 가지를 알려 줄까? 난 말이야 과거와 미래를 오갈 수 있어. 그렇기 때문에 네가 있는 장소도 알고 파워볼의 당첨번호도 알고 있는 거라고."

꿀꺽–

케빈의 목젖이 크게 꿈틀거렸다.

그리고 슬며시 고개를 돌렸다.

"……무슨 거짓말을 진짜처럼 말해. 아, 팔에 닭살 돋았네."

피식–

가볍게 웃음을 흘리고는 케빈의 어깨를 두드렸다.

이미 박무봉과 케빈, 차태현에게는 어느 정도 진실을 말해야겠다고 다짐했다.

하지만 그렇다고 해서 폭탄선언을 하듯 무작정 털어놓을 수는 없는 일이었다.

세 사람이 내가 평범하지 않다는 것을 어느 정도 느끼게 한 이후에 내 능력에 대해서 얘기할 생각이다.

그리고 그 일환의 하나가 바로 이번 파워볼이었다.

처음에는 단순히 우연이라고 생각할 수 있지만, 그런 우연이 계속된다면?

내 말을 믿지 않고서는 못 배길 것이다.

'뭐, 지금도 딱히 믿지 않는 건 아니니까.'

말도 안 되는 짓이라고 중얼거리면서도 케빈은 파워볼 대행 사이트에 접속해서 내가 준 번호로 복권을 구매하고 있었다.

'이것으로 돈 문제는 충분히 해결됐다.'

화이트 블루와 파워볼을 통해 받을 당첨금을 생각하면, 더는 돈에 대해서 걱정할 필요가 없다.

모르긴 몰라도 그때가 되면 현금 보유량만 대한민국에서 열 손가락에 안에 드는 사람이 될 것이다.

'지금 시점이면, KV 전자와 D.K 그룹의 기술 개발 협력이 한창 논의되고 있을 때겠지. 그렇다면 여행자인 게일 베드로와는 이제 막 접촉했거나 혹은 그 전인 상황일 거야.'

애당초 KV 전자에서 흑심을 품고 D.K 그룹에 접근한 것은 사실이다.

그러나 처음부터 M&A 전문가로 게일 베드로를 염두에 두지는 않았을 것이다.

현 시점에서 게일 베드로는 아직 그림 리퍼라는 별명을 얻기 이전, 다시 말해서 본격적으로 기업 사냥꾼으로 명성을 얻기 전이기 때문이다.

따라서 지금이라면 다양한 방법을 통해 미래에 벌어질 상황들을 얼마든지 막을 수 있었다.

그렇기 때문에 더욱 효과적이고 긍정적인 상황을 만들 수 있는 방법을 찾아내야 한다.

"물론 어떤 방법을 사용하더라도 일단 지금의 꼬인 매듭은 풀 필요가 있지만 말이야."

"보스, 뭐라고 했어?"

"너한테 하는 말 아니야. 그보다 복권은 구매했어?"

"누구 명령이라고 안 듣겠어? 정확히 샀습니다."

"잘했어. 그럼, 일전에 내가 준비하라고 했던 KV 그룹 비자금 자료랑 상납 파일 있지? 지금부터는 그거 스탠바이 들어갈 테니까, 국내는 물론 해외 언론사에 뿌릴 준비 시작해."

새로운 지시에 케빈이 눈을 동그랗게 떴다.

"자료야 이미 모두 준비하긴 했지만, 그건 아직 시기상조라고 하지 않았어?"

케빈의 말대로였다.

과거의 나는 완벽한 기회와 증거를 가지고 단숨에 KV 그룹을 무너트리려고 했다.

그쪽에서 이게 뭔가 하는 생각이 들 때 아무것도 하지 못하고 검찰청 앞에서 과거의 죄를 사죄하게끔 만드는 게 내 계획이었다.

하지만 미래를 겪고 오니 알았다.

내가 생각했던 방법이 얼마나 터무니없고 무식한 것이었는지를 말이다.

"상대를 쓰러트리는 방법을 바꾸기로 했거든. 강력한 카운터로 다운시킬 수도 있지만, 결국 잽이 누적되면 챔피언도 쓰러질 수밖에 없다는 걸 알았으니까."

"카운터? 잽? 보스, 복싱 팬이었어?"

"됐고. 아무튼, 준비나 해 둬."

"지금 당장도 가능하니까 걱정 붙들어 매."

케빈이 자신 있게 말하고는 다시 감자칩 봉지를 향해 손을 뻗었다.

그런 케빈을 잠시 바라보다가 휴대폰을 꺼냈다.

그리고는 머릿속의 기억을 뒤져서 찾은 번호로 메시지 하나를 보냈다.

[우리 만나서 할 얘기가 있을 것 같지 않습니까?]

미국 LA 공항.

박무봉은 하루 전날 나눴던 대화를 떠올리고는 인상을 찌푸렸다.

[미국 LA로 가서 게일 베드로라는 사람을 만나라니, 갑자기 그게 무슨 소리입니까?]

[말 그대로입니다. 가서 게일 베드로를 만나고 그에게 이렇게 제안해 주세요. 대한민국의 거대 기업을 하나 인수하고 싶은데 당신의 도움이 필요하다고. 기업을 인수하는 데드는 비용은 무한정 제공하겠다는 말도 꼭 하시고요.]

[술 냄새는 안 나는데, 혹시 어디에 머리를 부딪치기라도 한 거 아닙니까?]

[전 멀쩡합니다. 아무튼 꼭 게일 베드로를 만나서 내가 한 말을 전해야 합니다. 분명 흥미를 보이며 반응을 보일 테니까요.]

정말이지 뜬금없는 말이 아닐 수 없었다.

하지만 평소 허튼소리를 하지 않는 것을 알고 있었기에, 결국 박무봉은 여권을 챙겨 공항으로 향했고 무려 11시간이 넘는 비행 끝에 미국에 도착했다.

그렇게 또 차를 렌트해서 LA의 다운타운으로 이동하기를 몇 시간.

디스트릭트 빌딩 인근에 차를 주차하고 내린 박무봉이 고개를 좌우로 움직였다.

우득- 우드득-

갑작스러운 출장인 만큼 경비는 제한이 없었다.

그렇기에 기껏 퍼스트 클래스를 타고 비싼 차를 렌트했지만, 그래도 몸이 굳는 것은 마찬가지였다.

가볍게 스트레칭으로 몸을 푼 박무봉이 가벼운 한숨을 내쉬었다.

"후, 이제부터 시작이군."

미국 LA의 다운타운.

그리고 디스릭트 빌딩에 사무실을 차렸다는 사실만 전달받았을 뿐, 게일 베드로의 연락처에 대해서는 전혀 알지 못했다.

혹시나 하고 인터넷에 검색해 봤지만 마찬가지였다.

게일 베드로가 디스릭트 빌딩에서 운영한다는 샤크라는 회사는 상호명도 나오지 않았다.

대신 샤크라고 검색하면 상어 사진만 잔뜩 나올 뿐이었다.

결국, 지금부터 게일 베드로와 접선하는 것은 오롯이 박무봉의 능력 여하에 달려 있다고 할 수 있었다.

"뭐, 그래도 죽이거나 구출하는 건 아니네."

씩-

박무봉의 입가에 미소가 걸렸다.

잠시 과거의 일이 생각났다.

온갖 함정과 총탄이 오가는 곳에서 사람을 죽이거나 구해 오는 임무에 비하면 사실 이번 일은 땅 짚고 헤엄치기나 다름없었다.

하지만 그렇다고 해서 대충대충 할 생각은 전혀 없었다.

사자는 토끼를 사냥할 때도 전력을 다하는 법이다.

또한, 특별한 당부도 있었다.

[그 사람 평범한 M&A 전문가는 아닙니다. 우리가 의뢰

하는 일을 받아들일 가능성은 높지만, 어떤 식으로 반응하고 대할지는 확신할 수 없어요. 그러니까 조심해야 합니다.]

당부를 다시 한 번 상기한 박무봉이 디스트릭트 빌딩의 로비로 걸어갔다.

LA 시간으로 한낮이었기 때문에 빌딩의 로비는 회사원들로 보이는 사람들이 바쁘게 돌아다니고 있었다.

선글라스를 꺼내 착용한 박무봉은 거침없이 인포메이션을 향해 걸어갔다.

"실례합니다."

그의 입에서 유창한 발음의 영어가 흘러나왔다.

평소 내색은 하지 않았지만, 박무봉은 영어를 비롯해서 중국어와 일본어를 현지인 수준으로 구사할 수 있는 실력을 갖추고 있었다.

모두 민 박사와 함께할 당시 배워 둔 것들이었다.

인포메이션에서 근무하는 미모의 금발 여성이 방긋 웃으며 말했다.

"무슨 일로 방문하셨나요?"

"이 빌딩에 입주하고 있는 회사 중에서 샤크라는 곳이 있는지 확인하고 싶습니다."

"어떤 일로 그러시는지 여쭤봐도 될까요?"

한국이었다면 이유를 묻기 전에 있다와 없다로 대답이 흘러나왔을 것이다.

박무봉이 차분한 목소리로 입을 열었다.

"비즈니스차 방문했습니다. 위치를 듣기는 했는데, 확실치가 않아서요. 회의 중인지 전화가 안 되더군요."

"아! 그렇군요. 잠시만요."

납득을 한 인포메이션 직원이 컴퓨터로 검색을 하더니 말했다.

"네, 입주해 있네요. 6층에 있어요. 하지만 로비의 검색대를 통과하려면, 그곳 직원이 내려오셔서 손님의 신분을 확인해 주셔야 합니다."

생각지 못한 돌발 상황이었다.

하지만 겉으로 내색하지 않은 박무봉이 말했다.

"그렇군요. 혹시 내선 전화번호가 있으면 알려 주시겠습니까? 휴대폰 번호는 통화가 안 돼서 말이죠."

"종이에 적어 드리도록 할게요."

인포메이션 직원이 별다른 의심 없이 종이에 번호를 적어 갈 때였다.

저벅— 저벅—

박무봉의 뒤에서 발자국 소리가 들리는가 싶더니, 노란 머리카락의 백인이 고개를 불쑥 내밀었다.

"당신은 누구지?"

박무봉이 고개를 불쑥 내민 사내를 쳐다봤다.

머리를 노랗게 물들이고 코와 귀에 걸린 액세서리.

그 때문이었을까?

몸도 좋고 얼굴도 제법 잘생겼지만, 전형적인 생김새 탓에 도리어 한국이었다면 대번에 양아치라는 소리를 들었을 법했다.

하지만 그런 양아치 같은 모습에도 불구하고 박무봉의 직감은 경고를 내렸다.

'이 녀석 위험한 냄새가 난다.'

웃긴 일이었다.

양아치 같은 놈들은 한 트럭이 몰려와도 박무봉의 상대가 되지 못한다.

토끼가 아무리 많이 모여도 사자 앞에서는 그저 토끼인 것처럼 말이다.

그런데도 직감이 경고를 보낸다는 것은 갑자기 나타난 이 남자가 일반적인 사람이 아니라는 뜻이었다.

'그래서 날 보낸 건가?'

그제야 굳이 자신을 이곳까지 보내야 했었는지에 대한 의문이 해결되는 것 같았다.

이런 사람들이 있는 곳이라면, 평범한 사람이 왔다가는 무슨 일을 벌이기도 전에 큰일을 당할 수도 있었다.

"마침 잘 오셨어요. 여기 계신 분께서 샤크와 비즈니스를 위해 방문하셨다고 하네요. 손님, 이쪽에 계신 분이 샤크의 CEO이신 게일 베드로 씨입니다."

인포메이션 직원의 소개에 박무봉은 또 한 번 놀랐다.

'이 남자가 게일 베드로라고?'

마치 운명의 장난처럼 이렇게 당사자를 직접 만날 건 뭐란 말인가?

하지만 그렇다고 상대에게 당황한 모습을 보일 필요는 없었다.

스윽-

몸을 게일 베드로 쪽을 향해 돌린 박무봉이 태연한 자세로 입을 열었다.

"한국에서 온 박 팀장이라고 합니다."

한국이라는 단어가 흘러나오자 게일 베드로의 눈썹이 꿈틀거렸다.

"한국에서 왔다고? 그런데 영어를 꽤 잘하네."

놀랍게도 게일 베드로의 입에서는 유창한 한국어가 흘러나왔다.

박무봉이 놀랄 틈도 없이 게일 베드로가 말을 이었다.

"그래서 그곳에서 여기까지는 무슨 일? 난 한국이랑은 별 상관이 없는 사람인데."

"비즈니스 때문에 왔습니다. 게일 베드로 씨가 가장 잘하는 일을 부탁하고 싶습니다."

"가장 잘하는 일이라…… 우습네. 내가 가장 잘하는 일이 뭔지 알고?"

마치 네까짓 게 뭘 알고 있느냐는 태도였다.

그런 게일 베드로를 바라보며, 박무봉 역시 태연한 표정으로 일관하며 입을 열었다.

이미 이 남자의 기본적인 정보에 대해서 들은 얘기가 있었다.

"M&A 아닙니까?"

씩ㅡ

원하는 대답이었던지 게일 베드로의 입에 미소가 피어났다.

"뭐, 아무것도 모르고 찾아온 건 아닌가 보네. 좋아. 그럼, 나랑 함께 맥주나 한잔하면서 그 비즈니스에 대해서 얘기해 보자고. 제시카, 여기 있는 사람한테 임시 출입증 하나 발급해 줘요."

Chapter 148. 초대장

　몸을 소파에 깊숙이 기대며 잠시 손목시계를 바라보았다.

　'지금쯤이면 만났겠네.'

　게일 베드로.

　앞으로 몇 년 후, D.K 그룹을 상대로 KV 그룹이 펼치는 적대적 M&A에서 가장 혁혁한 공을 세우는 사람임과 동시에 나와 같은 시간 여행자.

　그렇기 때문에 다시 현실로 돌아왔을 때 그를 어떻게 해야 할까 많은 고민을 했었다.

　여러 가지 방법이 있었지만, 그중 내가 선택한 것은 어제의 적이 오늘의 동료가 될 수 있다는 격언.

일명 작적금우(昨敵今友)였다.

이번 일은 선조들의 가르침을 적극 활용하기로 마음먹었다.

'게일 베드로는 내가 여행자라는 것도 KV 그룹이라는 곳이 한국에 있다는 사실도 아직 모른다. 그가 본격적으로 KV 그룹에 합류하는 것은 내가 여행자라는 것을 알고 난 뒤야. 그러니 지금 시점에서의 그는 분명 M&A 전문가로 명성을 얻기 위해 이런저런 준비를 하고 있을 거야.'

그러니 비록 그 대상을 잘 알지는 못하지만, 한국 굴지의 대기업을 상대로 벌이는 일이라면 게일 베드로는 내 제안을 거절하지 않을 것이다.

'후후. KV 그룹에 고용되어서 다른 기업을 사냥하던 사람을 역이용해 KV 그룹을 쓰러트리는 것도 재미있는 일이니까.'

그것도 내 정체를 꼭꼭 숨겨서 일을 진행한다면, 향후 게일 베드로를 상대로 다른 계획을 세우기에도 훨씬 수월할 것이다.

"날 만나자고 해 놓고 무슨 생각을 그렇게 하는 거죠?"

앞에서 들려오는 날카로운 목소리.

그 목소리에 소파에 기대었던 몸을 원위치하며 시선을 정면으로 돌렸다.

그 앞에 있는 사람은 안성우를 대신해 D.K 그룹을 이끌어 나가고 있는 레이아였다.

박무봉을 미국으로 보내기 전, 내가 보냈던 메시지는 바로 레이아에게 보낸 것이었다.

"미안합니다. 잠시 생각할 일이 있어서요."

"됐어요. 그보다 왜 저를 만나자고 한 거죠? 이제 더는 볼 일이 없는 것으로 알고 있는데."

차갑기 그지없다.

불과 2년 전까지만 해도 안성우와 함께 한 팀으로 일했던 것을 생각하면, 야속하다는 마음이 들 정도였다.

하지만 애당초 그 모든 것은 안성우가 날 향해 끝없는 믿음을 보여 줬기 때문에 가능한 일이었다.

'레이아는 처음부터 날 마음에 들어 하지 않았으니까.'

인제 와서 새삼스럽지도 않은 일이다.

그렇기 때문에 그녀에게 내 용건을 보다 쉽게 말할 수 있었다.

"간단히 말하겠습니다. 희망 재단, 이제 제가 돌려받아야겠습니다."

"뭐, 뭐라고요?"

레이아가 황당하다는 듯 반문을 토해 냈다가 이내 표독스러운 얼굴로 나를 쳐다봤다.

"지금 그 말이 무슨 뜻인지 알고 하는 건가요?"

"애초에 희망 재단의 설립 자금은 제가 5천억, D.K 그룹이 5백억을 부담한 것 아니었습니까? 그래서 다시 돌려받겠다는데 무슨 문제라도 있습니까?"

"미스터 한! 그때 당신은 분명 모든 걸 우리한테 맡긴다고 했어요! 게다가……."

레이아의 말이 끝나기도 전, 난 옆에 두었던 서류 봉투를 테이블 위로 던졌다.

툭.

레이아의 시선이 서류 봉투로 향했다.

불길함을 느낀 것일까?

처음과 달리 그녀의 목소리가 조금 떨렸다.

"……이건 또 뭔가요?"

"설명을 듣는 것보다는 직접 보는 게 빠를 겁니다."

지그시 나를 노려보던 레이아가 손을 뻗어 서류 봉투를 집었다.

치익-

그리고는 윗면을 뜯어내고 안에 있는 내용물을 꺼내 확인하기 시작했다.

그렇게 차 한 잔 마실 정도의 시간이 흘렀을까?

부르르-

봉투 안에 들어 있는 서류를 살펴보던 레이아의 전신이 떨렸다.

그녀의 표정은 처음과 달리 붉게 상기되어 있었다.

질끈—

입술을 깨문 레이아가 숙였던 고개를 들어 올리며 내게로 시선을 향했다.

"……대체 이걸 어떻게?"

"흠, 저 이제 평범한 대학생이 아니라 대한민국 검사입니다. 그런 정보쯤이야 마음만 먹으면 어렵지 않게 구할 수 있습니다. 검사라는 직업이 원래 죄지은 사람 기소해서 벌을 주는 일을 하는 사람이지 않습니까?"

레이아에게 건넨 서류.

그 안에는 희망 재단의 이사장으로 있는 레이아가 지금까지 저지른 비리에 관한 내용이 담겨 있었다.

그중 일부는 미리 파악하고 있던 것이지만, 핵심이라 할 수 있는 정보들은 모두 미래에서 알아낸 것이다.

D.K 그룹과 KV 그룹이 서로 전쟁을 벌일 당시, 온갖 비리들이 수면 위로 올라왔다.

특히 그중 집중적으로 다뤘던 것이 바로 D.K 그룹의 CEO인 레이아에 대한 것이었다.

개중에는 꽤 강경하게 다뤄질 내용들도 다수 있었는데, 그녀가 미국인이라는 점 때문에 유야무야 넘어간 것들 역시 상당했다.

물론 실상은 미국 국적 때문이 아니라 D.K 그룹 측에서 막대한 자금을 들여 정계에 로비를 했기 때문인지만 말이다.

말이 없는 레이아를 향해 내가 테이블 위에 놓인 서류 중에서 한 장을 꺼내 들고 얘기했다.

"2년 전부터 본격적으로 재단의 운영 자금을 빼돌려 비자금을 만들고 계셨더군요. 표면적으로는 해외로 입양된 한국인 아이들을 돕는 사업을 진행했지만, 그 비용 중에서 70% 이상은 크로아티아에 있는 은행을 통해 세탁된 것으로 아는데. 제가 알고 있는 정보가 틀립니까?"

"……"

"제가 알기로 그 자금이 벌써 300억을 넘은 것으로 알고 있습니다. 그렇죠?"

기업의 비자금.

사실 대한민국의 거대 기업 중 비자금이 없는 곳을 찾는 게 더 힘들 것이다.

기업의 총수라 할 수 있는 회장뿐만 아니라 부회장, 전무, 이사, 상무 등등 임원이라고 할 수 있는 사람들은 하나같이 딴 주머니를 차고 있는 게 현실이었다.

실제로 재계 1위인 대한 그룹의 주요 임원들은 최소 수천억, 오너 일가는 수조 원의 비자금을 갖고 있을 것으로 대다수의 사람들이 추측하고 있었다.

기업은 망해도 오너 일가는 살아남는다는 말이 괜히 나온 게 아니었다.

"레이아. 계속 그렇게 입을 다물고 있을 생각입니까?"

빠득—

이가 갈리는 소리가 들린다.

기업을 운영하면서 다양한 일을 겪었다고 해도, 이렇게 정면으로 비리를 지적당한 적은 없을 것이다.

"……나한테 원하는 게 뭐죠?"

"조금 전에 말하지 않았습니까? 희망 재단을 다시 제게 넘기세요. 분명 초기에 말했죠? 희망 재단을 세운 목적. 그 목적을 상실한다면 그에 대한 대가를 받게 될 거라고 말입니다."

"미스터 한! 고작 300억이에요. 그리고 그건 내 욕심을 위해서가 아니라 D.K 그룹을 위해서 사용한 돈이고요! D.K 그룹이 흔들리지 않고 운영되어야 희망 재단 또한 다양한 사업을 진행할 수 있는 거라고요!"

"말은 제대로 하시죠. 300억이 고작이라고 표현될 돈은 아닙니다. 그리고 D.K 그룹이 잘 운영되어야 재단의 사업이 흔들리지 않는다고요? 그걸 지금 말이라고 하는 겁니까? 웃음이 나오려는 것을 억지로 참았네요."

"……."

레이아가 날 노려보지만 내 답변은 사실이었다.

현 상황에서 D.K 그룹이 어찌 되든 나와는 아무런 상관이 없다.

또한, 레이아는 나와의 약속을 어기고 막대한 돈을 투자한 재단의 돈을 횡령한 사람에 불과했다.

과거의 인연과 미래에서 알게 된 진실이 없었다면, 당장 법적인 조치부터 취했을 것이다.

"그래서 날 기소해서 감옥에라도 보낼 생각인가요?"

"설마요. 그냥 모든 권리를 제게 넘기고 이사장 자리에서 물러나면 됩니다."

레이아가 고개를 저었다.

"그럴 순 없어요. 그리고 고작 이 정도의 증거로 절 어떻게 할 수 있다고 생각하는 건가요?"

"증거가 이렇게 명확합니다만?"

스윽-

레이아가 손을 뻗어 서류를 집었다.

찌익-

그리고는 일말의 망설임도 없이 서류를 찢어 버렸다.

한 성격 하는 것은 알았지만, 이런 반응을 보일 줄은 솔직히 몰랐다.

레이아가 나를 노려보며 말했다.

"미스터 한, 당신이 저보다 잘 알고 있을 텐데요? 돈만 있다면, 대한민국에서 이런 서류 쪼가리는 무용지물로 만들 수 있다는 사실을요. 미스터 한이 검사라고 해도 마찬가지예요. D.K 그룹의 힘이라면, 부장과 차장 아니 검사장

출신의 변호사 수십 명을 고용해서 변호인단을 꾸릴 수 있어요. 당신은 똑똑하니까 제 말이 무슨 뜻인지 더는 설명하지 않아도 알겠죠?"

모를 리가 없었다.

더욱이 레이아가 하는 말은 처음 그 순간부터 하나의 거짓이 섞이지 않은 진실이었다.

〈진실과 거짓〉

고유: Passive

등급: A

설명 : 태어나서부터 자신이 가진 돈을 노리고 접근하던 사람들로 인해 숱한 배신을 당하고 끊임없이 주변의 사람을 의심해야 했던 송지철의 고유 특기입니다.

효과: 상대의 말에 집중하고 있을 경우 진실과 거짓을 구분할 수 있습니다.

대상이 하는 말이 진실일 경우에는 몸에서 파란색의 기운이, 거짓일 경우에는 붉은색의 기운이 강합니다.

시작부터 그녀의 몸에서는 오로지 내 눈에만 보이는 푸른색의 기운이 넘실거리고 있었다.

입가에 미소를 머금고 말했다.

"제가 기소를 해도 레이아 당신은 미꾸라지처럼 요리조리 피해서 나온다는 얘기가 되겠죠."

그러다 한 가지 생각이 문득 떠올랐다.

"아! 이런 상황에서 갑작스러운 질문인데. 외국 기업인들도 검찰청 들어갈 때 휠체어 탑니까?"

내 질문에 레이아가 순간적으로 인상을 찌푸렸다.

분명 그녀도 나와 같은 생각을 했을 것이다.

"……그런 짓은 안 해요."

"뭐, 휠체어는 한국의 고유문화인가 보네요. 아무튼 이런 서류 쪼가리로 당신에게 뭔가를 할 수 있을 거라고는 생각 안 합니다. 제가 검사라고 해도 말이죠."

레이아가 떨리는 눈동자로 나를 쳐다봤다.

알면서도 이리 찾아왔다는 것은 다른 뭔가가 있다는 사실을 본능적으로 눈치 채고 있을 것이다.

"레이아, 제가 평범한 사람이 아니라는 것은 느끼고 있지 않나요?"

"……무슨 소리죠?"

"이미 제 뒷조사를 여러 번 해 봤잖아요? 하지만 제가 지금까지 벌여 온 신비한 일과 자금의 출처에 대해서 감도 못 잡고 있지 않나요?"

"……."

레이아가 나에 대한 뒷조사를 꾸준히 하고 있다는 것은 이미 알고 있는 사실이다.

하지만 내가 지닌 신비로움은 고작 뒷조사를 통해 알아낼 수 있는 것이 아니다.

사람이라면 누구나 가지고 있는 생각의 틀.

그 틀을 완벽하게 부숴 버리지 않는다면, 현대의 인간이 과거와 미래를 오갈 수 있다는 생각은 전혀 못 할 테니까 말이다.

이래서 고정관념이란 게 무서운 것이다.

"그리고 무엇보다, 지금 당장 안성우 회장을 찾아가서 당신이 저지른 짓을 알린다면 어떨 것 같습니까? 그는 과연 어떤 반응을 보일까요?"

쾅!

지금까지와는 비교도 되지 않는 소리가 테이블에서 들려왔다.

레이아가 자신의 주먹으로 테이블을 내려친 것이다.

다행히 목제로 만들어진 테이블이었기 때문에 유리가 깨지지는 않았다.

하지만 조금 전의 충격 때문인지 그녀의 주먹은 순식간에 붉게 달아오르며 부어올랐다.

하지만 아픔이 느껴지지 않는 것인지 그녀를 날 죽일 듯 노려보며 소리쳤다.

"경고하지만 그런 짓을 했다가는 절대 가만두지 않겠어요. 제 모든 것을 잃는다고 해도 말이죠."

지금의 말도 물론 진실이다.

레이아에게서 흘러나오는 푸른 기운은 그 어느 때보다 짙었다.

"그럼, 아까 요구했던 것처럼 이사장 자리에서 물러나세요. 제가 죄도 없이 쫓아내는 것도 아니고 날로 먹겠다는 것도 아니지 않습니까?"

애초에 최대 투자자는 바로 나였으니까 말이다.

부르르–

다시 한 번 몸을 떨던 레이아가 이내 고개를 푹 숙였다.

그에 대한 답은 명백했다.

애초에 대답이 이리 나올 것이라고는 충분히 예상했던 일이었다.

'이해는 하지만. 레이아, 당신의 사랑은 삐뚤어진 사랑이야.'

레이아가 안성우를 향해 보내는 사랑.

분명 대단하긴 하지만 내가 보기에는 사랑과 집착이 빚어낸 삐뚤어진 욕망에 불과했다.

자칫 잘못하다가는 그 욕망 때문에 사랑하는 사람을 헤어날 수 없는 절망으로 이끌 수도 있었다.

"……이사장 자리에서 물러나고 그 자리에 당신을 추대한다면 이번 건에 대해서는 덮는 거겠죠?"

"가지고 있는 자료는 모두 보내 드리도록 하죠. 당연한 말이지만 백업 자료는 남기지 않겠습니다."

"좋아요. 그럼, 이번 주에 임시총회를 열어 제가 물러난 다고 발표하고 현재 사외이사 신분인 당신을 이사장으로 추대하겠어요. 하지만 다른 임원들이 제 의견에 동의하지 않을 수도 있어요."

희망 재단은 상장 회사가 아니다.

하지만 재단 설립 이후 곳곳에서 투자를 받으면서, 재단의 의사 결정에 개입할 수 있는 사람들이 제법 생겼다.

그들을 표면상 임원으로 부르고 있는 것이다.

레이아가 겁을 주듯 말했지만, 애초에 그런 것으로 눈썹 하나 꿈쩍할 내가 아니었다.

"괜찮습니다. 그럼, 제가 투자한 금액을 빼서 다시 재단을 만들면 되니까요. 투자한 사람들이 그걸 바라지는 않을 거라고 생각되네요."

사실상 최대 투자자인 내가 돈을 빼 버리면, 희망 재단은 겉모습만 멀쩡한 쭉정이 재단이 된다.

레이아와 이런 실랑이를 벌이지 않고도, 당장 돈을 빼서 다시 재단을 만들 수도 있다.

하지만 그리하면 모든 시스템을 처음부터 다시 만들어야 한다.

또한 희망 재단의 혜택을 받고 있는 수많은 사람들은 졸지에 모든 지원이 끊길 수가 있었다.

아무리 빨리 재단을 설립한다고 해도 최소 몇 개월이란 공백이 생길 수밖에 없기 때문이었다.

단지 내가 편하고자 그들에게 피해를 전가하고 싶지는 않았다.

그렇기 때문에 조금 귀찮더라도 레이아를 만나 설득하는 방법을 선택한 것이다.

"결국, 나한테는 다른 방법이 없는 거네요."

마치 모든 것을 포기한 듯 레이아는 순순히 고개를 끄덕였다.

"이것으로 우리 볼일은 모두 끝난 거죠?"

"아! 잠시만요."

"······?"

"KV 그룹과는 가까이하지 않는 게 좋을 것 같다는 말을 드리고 싶네요."

인상을 찌푸리는 레이아를 보며 재빨리 손을 들어올렸다.

"오해 마세요. KV 그룹을 싫어해서 이런 소리를 하는 건 아닙니다. 지금 KV 그룹과의 기술 협약을 본격적으로 준비하고 있죠?"

내부에서도 고위급 관계자만 알고 있을 만한 정보가 내 입에서 흘러나오자, 잠시 놀란 표정을 짓던 레이아가 얼굴을 굳혔다.

"……그런 것도 뒷조사를 했던 건가요? 맞아요. 2년 전 구두로 했던 얘기. 그에 관해서 본격적으로 논의하는 중이에요."

그나마 다행이었다.

논의하는 중이라는 얘기는 아직 계약서에 도장을 찍은 건 아니라는 소리였다.

즉 법적으로 문제될 건 없다는 소리다.

"길게 말한다고 해서 믿음이 생기는 건 아닐 테니까. 그쪽의 저의를 한 번 더 의심해 보세요. 페이머스 북과의 관계를 한번 살펴보면, 판단을 내리는 데 있어 꽤 도움이 될 겁니다."

몇 년이란 시간이 지나면, KV 그룹은 D.K 그룹과 함께 추진하던 기술을 페이머스 북과 합작해서 세상에 발표한다.

그리고 이내 D.K 그룹까지 인수하며, 재계 7위에 머물렀던 KV 그룹은 단숨에 2위까지 오르는 기염을 토해 냈다.

수십 년 동안 단 한 번도 재계 1위의 자리를 내준 적이 없는 대한 그룹을 위협할 정도의 수준으로 말이다.

"새겨듣도록 하죠."

어찌 됐든 레이아는 똑똑한 사람이다.

이 정도까지 말했다면, 적어도 찝찝함 때문에 한 번쯤은 제대로 된 조사를 진행할 것이 분명했다.

"어찌 됐든 걱정을 해 준 건 고마운 일이네요."

"그 말이 진심이라면 잠깐만요."

다시 자리에서 일어나려는 레이아를 불러 잡았다.

멈칫거리는 그녀를 향해 미리 준비하고 말을 던졌다.

사실 오늘 레이아를 만난 이유는 희망 재단 말고도 다른 한 가지가 더 있었다.

"고맙다면, 부탁 하나만 합시다."

"부탁?"

씩-

입꼬리가 자연스레 올라갔다.

"레이아, 당신 정도면 한국에 상류층이 모이는 파티 정도는 알고 있을 것 같은데. 거기 초대장 하나만 구해 주세요. 이왕이면 우리나라 최고의 상류층들이 모이는 파티로 골라서 말이에요."

영문 모를 표정을 짓고 있는 레이아를 바라보며, 내 입가에 지어진 미소가 더욱 진해졌다.

TIME ROULETTE

타임룰렛

Chapter 149. 제로 데이

상류층.

부, 권력, 위신 등 가치서열에서 상위에 위치하는 사회적 특권집단을 뜻하는 단어다.

대자본가, 경영자, 장성, 고위 공무원, 변호사, 의사, 교수 등이 바로 이 상류층에 속한다고 볼 수 있다.

물론 다른 의미로의 상류층 역시 존재한다.

본인이 가진 것은 없다고 해도 속해 있는 집단과 집안이 흔히 말하는 명문가일 경우, 그 구성원은 자연스레 상류층에 포함된다.

이는 대한민국뿐만 아니라 사회를 구성하고 있는 인간이

존재하는 곳에서는 항상 있는 일이다.

속한 집단에서는 표현하는 단어만 다를 뿐, 그 의미로는 늘 존재해 왔다고 할 수 있다.

그리고 이런 상류층은 자신들만의 인프라를 구축, 주기적으로 모임을 가지며 자신들의 위치를 상기하고 정보를 교환한다.

본인들이 대단한 위치에 있다는 것은 자각하고 있지만, 사회에 더욱 강력한 영향력을 행사하기 위해 끊임없이 관계를 구축해야 한다는 것을 알고 있는 것이다.

여의도 컨트리 웨딩홀.

나름 재력이 있는 사람들에게 있어서, 대한 호텔과 더불어 결혼식장으로는 한 손에 꼽히는 장소다.

그렇기 때문에 길일에 결혼을 하기 위해서는 최소 1년, 그조차 나름 통하는 인맥이 없다면 예약에만 최소 2~3년은 걸릴 정도로 높은 인기를 구사했다.

하지만 반기에 한 번씩, 일 년에 총 두 차례.

컨트리 웨딩홀이 주말의 모든 행사를 받지 않는 날이 있다.

바로 대한민국을 실질적으로 이끌어 간다는 상류층.

그 집단에서도 20~30대.

다음 대의 대한민국을 이끌어 간다는 사람들이 컨트리 웨딩홀에서 파티를 하기 위해 모이는 날이었다.

"와, 과장님. 저기 저 차 뭔지 아세요? 앗! 저기 저거는 디아블로네. 아까는 페라리랑 람보르기니도 들어가던데, 대체 오늘 누가 결혼하는 겁니까? 국내 재계 10위에 속한 재벌 2세라도 되나요?"

보안 요원인 이강철이 주차장으로 향하는 다수의 외제차를 바라보며 입을 벌렸다.

그가 컨트리 웨딩홀에 입사한 것은 지금으로부터 3개월 전.

국내 최고의 웨딩홀답게 결혼식이 있을 때마다 다수의 외제차를 보는 것은 흔히 있는 일이었다.

하지만 외제차에도 급이 있는 법.

벤츠와 BMW라고 해도 시리즈에 따라 가격 차이가 천차만별인 것처럼, 외제차도 기종에 따라서 그 가격은 당연히 차이가 있었다.

그런 점에서 볼 때 오늘 주차장으로 향하는 외제차는 그 급에서도 가장 TOP에 있다고 할 수 있었다.

"히익! 방금 들어간 거는 부가티 아니에요? 저거 30억이 넘는다고 들었는데."

더듬거리는 이강철의 모습에 그 옆에 있던 선임 김호진 과장이 덤덤한 목소리로 입을 열었다.

"그러다 턱 빠지겠다. 아무튼 오늘이 바로 그날이니까 정신 똑바로 차려."

"네? 그날이요?"

"제로 데이 말이야."

"아!"

제로 데이라는 단어에 이강철이 그제야 알겠다는 듯 고개를 끄덕였다.

제로 데이는 컨트리 웨딩홀에서 통하는 일종의 은어였다.

일 년에 두 번 있는 상류층들의 공식 모임.

직원들은 이를 가리켜서 제로 데이라고 불렀다.

"어째 아파트보다 비싼 차들이 무더기로 들어간다고 했더니."

"모르긴 몰라도 국내 모터쇼 행사보다 더 볼 게 많을 거다. 아무튼 그건 그거고 오늘 정신 바짝 차려라."

"왜요?"

"참석자가 됐든 저놈들 모시고 온 운전기사나 경호원이 됐든, 저쪽에서 뭐라고 말 한마디 나오면 옷 벗어야 하는 쪽은 바로 우리니까."

"에이, 요즘 같은 세상에 그랬다가는 바로 노동청에 신……."

노동청을 거론하던 이강철이 재빨리 입을 다물었다.

김호진의 표정이 그만큼 진지했기 때문이었다.

김호진이 긴장하는 이강철의 어깨를 두드렸는데, 제법

힘이 실려 있었다.

"아마 오늘 저 파티에 노동청 장관 아들도 올 거다. 그러니 말 같잖은 소리는 그만하고. 정신 똑바로 차려. 졸지에 실업자 되기 싫으면."

"아, 알겠습니다."

"길어 봐야 10시간이다. 그러니까 힘내서 잘하자."

다시 한 번 이강철의 어깨를 두드려 준 김호진이 주차장으로 들어오는 차량들을 향해 시선을 돌렸다.

그들이 대화를 하는 사이에도 수억 정도는 가볍게 넘는 차들이 연이어 주차장으로 들어오고 있었다.

그 차 한 대의 가격이 최소 자신의 수년 연봉이었기에 정말 욕이 튀어나올 것 같았지만, 그래서 뭘 어쩌겠는가?

그저 태어날 때부터 금 수저, 아니 다이아 수저를 물고 나온 저들이 부럽고 또 부러울 뿐이었다.

"이거…… 내가 상상했던 것보다 대단한데?"

레이아는 내게 제로 데이라고 불리는 상류층 파티의 초대장을 줬다.

그녀의 말에 의하면, 제로 데이는 대한민국에서 20~30대 상류층이 참석하는 정기적인 모임이라고 했다.

당연히 아무나 참석할 수는 없다.

이곳에 초대받기 위해서는 명문가의 자제이거나, 한 가지 분야에서 세계적으로 알려질 만큼 특출한 재능이 있어야만 했다.

쉽게 말해서, 사회에서 나름 콧방귀 좀 낀다는 검사의 신분만으로는 들어가기 어렵다는 것이다.

다만 모임에 참가 자격이 있는 사람이 자신의 대리인 혹은 파트너 자격으로 최대 한 명을 제로 데이에 초대하는 게 가능했다.

레이아는 내게 그 자격을 준 것이다.

"실례합니다. 잠시 검문검색이 있겠습니다."

"매년 보는 얼굴인데, 적당히 합시다."

주차장을 가득 메운 외제차를 지나 로비로 향하자, 인천 공항 검색대를 방불케 하는 장면이 눈앞에 보였다.

무표정한 얼굴로 입구의 앞에 선 검은 정장의 경호원들이 초대된 사람들을 일일이 검문검색하고 있었다.

그 모습을 잠시 지켜보고 있을 때였다.

갑자기 한쪽에서 고통스러운 비명에 찬 목소리가 들려왔다.

"아아! 이거 놔! 내가 누구인지 알아? 나 한성 일보 기자라고!"

멀끔하게 정장을 차려 입은 사내가 입구를 지키던 경호

원들에 의해 팔이 꺾인 채로 주저앉아 있었다.

하지만 그런 상황에서도 초대받은 사람들은 오히려 비웃음 가득한 얼굴로 주저앉은 사내를 바라보고 있었다.

마치 이런 상황이 익숙하다는 얼굴이었다.

심지어 팔을 꺾은 경호원 또한 마찬가지였다.

"한성 일보의 기자님이라고요?"

"그, 그래! 그러니까 당장 이 팔부터 풀고 물러나! 난 국민들의 알 권리를 위해 오늘 이곳에 왔다고! 알아들었으면 팔부터 풀라고! 이 깡패 새끼들아!"

툭—

경호원이 꺾은 팔을 풀자 기자가 꺾였던 팔을 어루만지며 홱 소리가 나도록 고개를 돌렸다.

그러나 그런 반응에도 불구하고 경호원의 표정은 찌푸림 하나 없었다.

"흠, 오늘 모임에 한성 일보의 둘째 자제분께서도 와 계십니다. 한성 일보 소속의 기자라고 하셨으니, 잠시 불러서 확인을 요청해도 되겠습니까? 뭐, 이미 파티에 참여하신 입장에서는 그리 좋아하실 것 같지는 않겠지만 말입니다."

경호원의 덤덤한 목소리에 스스로를 한성 일보의 기자라고 소리쳤던 사내의 동공이 흔들렸다.

"펴, 편집장님이 안에 계시다고?"

"편집장인지는 모릅니다. 저희가 아는 건 한성 일보의 둘째라는 것뿐이죠. 꼭 이곳에 출입하셔야 된다면, 불러서 신원 확인을 해 드리겠습니다. 진행할까요?"

"아, 아닙니다. 됐습니다. 됐어요."

조금 전까지 반말로 일관하던 기자가 급히 존댓말을 토해 내더니, 재빨리 출구를 향해 걸음을 옮겼다.

그 모습에 상황을 지켜보던 사람들이 웃음을 토해 내며 한마디씩 던졌다.

"꼬라지가 꼭 매 맞은 개새끼인 것 같은데?"

"큭큭, 그러게 말이야. 그런데 한성 일보도 이 모임에 참석했나? 대한 일보면 몰라도, 거긴 급이 좀 떨어지는 것 아니야?"

"그러게. 모임이 오래되다 보니까 요즘 들어 어중이떠중이들이 너무 늘어난 느낌이야. 안건으로 건의해서 물갈이를 한 번 해야겠어."

"아무튼 한성 일보 그치는 오늘 눈도장 제대로 찍었네. 부리는 머슴 관리 좀 제대로 할 것이지. 쯧쯧."

"기분도 그런데 얼른 들어가서 술이나 마시자고."

사람들의 오가는 대화를 들으며, 내가 있는 곳이 어떤 곳인지를 다시 한 번 깨닫게 됐다.

한성 일보라면 그래도 국내의 언론사에서는 열 손가락 안에 드는 메이저급 신문사다.

지난 입사 경쟁률이 무려 70:1을 넘을 정도로 취업 준비생에게 핫한 곳이었다.

이 때문에 한성 일보의 기자라고 하면 어디 가서 무시당할 만한 위치는 아니었다.

그럼에도 이곳에 모인 사람들은 한성 일보를 어디 구멍가게 정도로 취급하고 있었다.

'좋아. 어디 얼마나 대단한 인물들이 있는지 한번 들어가 볼까?'

로비 구경을 끝내고 검색대를 향해 걸어갔다.

그러자 경호원이 눈을 빛내며 입을 열었다.

"실례합니다. 초대장을 보여 주시겠습니까?"

레이아에게서 받은 초대장을 건네주자 유심히 살피던 경호원이 고개를 끄덕였다.

"중앙지검 한정훈 검사님이시군요. 내용은 사전에 전달받았습니다. 몸수색 이후 출입을 허가해 드리겠습니다. 규칙이 그러하니 불편하시더라도 양해해 주시기 바랍니다."

신분이 확인됨과 동시에 경호원의 태도는 놀랍도록 친절하고 정중해졌다.

그러고 보면 이곳에 놀라운 점은 또 하나가 있다.

뉴스에서도 자주 나오지만, 상류층의 자제들은 원하는 것을 대부분 하고 지냈기 때문에 그 성격이 개차반인 경우가 많다.

자신이 원하는 대로 일이 풀리지 않거나 조금만 귀찮아도 짜증을 부리거나 화를 내는 것이다.

하지만 이곳을 찾은 사람들은 조금 과할 정도의 검문검색에도 짜증 한 번 내지 않고 마치 순한 양처럼 절차에 따라 행동하고 있었다.

추측할 수 있는 것은 두 가지.

이 모임에 그만한 격식이 필요하거나 혹은 모임의 주최자가 그만큼 대단한 영향력을 발휘하는 사람일 경우다.

다양한 장비를 이용한 검문검색은 그리 오랜 시간이 걸리지 않았다.

"기다려 주셔서 감사합니다. 안으로 들어가셔도 좋습니다. 참고로 검색대 밖으로 나가시면, 다시 입장하실 때 또다시 검색이 필요한 점 양해해 주시기 바랍니다. 그럼, 즐거운 시간 보내시기 바랍니다."

다시 한 번 정중하게 고개를 숙이는 경호원을 뒤로하고 안쪽의 입구를 향해 걸음을 옮겼다.

저벅- 저벅-

고급 대리석으로 만들어진 복도를 거쳐 화려하기 짝이 없는 문을 지나 안으로 들어가니, 그야말로 신세계가 펼쳐졌다.

'잠깐만. 여기 원래 웨딩홀 아니었어?'

분명 내가 알기로 이곳은 파티 장소로 쓰이는 날을 제외

하곤 웨딩홀로 쓰이는 곳이다.

그런데 지금 내 눈앞에 펼쳐진 광경은 전혀 예상 밖의 그 것이었다.

분명 건물 안으로 들어왔다고 생각했는데, 정면으로 하 나의 정원이 펼쳐져 있었다.

바닥에는 푸른 잔디가 깔려 있고, 곳곳에 분수대와 나무 는 물론 꽃까지 즐비해 있었다.

그뿐인가?

미관을 해치지 않는 선에서 최신형 공기청정기들이 곳곳 에 자리하고 있었다.

더불어 분수대를 중심으로는 갖가지 음식과 술이 놓여 있는 식탁이 줄지어 보였다.

사람들은 그곳에서 음식과 술을 챙겨 들고 걸음을 옮기 며 먹거나 편하게 자리에 앉아 지금의 분위기를 즐기고 있 었다.

신들의 낙원이 있다면 흡사 이런 모습일까?

당장 밖에서는 미세먼지가 최악이고 이에 대한 정부의 대책을 촉구하는 시위가 연일 벌어지고 있는 것을 생각해 보면, 이곳은 그야말로 천국이나 다름없었다.

그렇게 잠시 황당한 마음으로 바라보고 있을 때 더 놀라 운 광경이 펼쳐졌다.

한 남자가 분수대로 걸음을 옮기더니 아무렇지도 않게

손에 들고 있던 컵으로 그곳에서 흘러내리는 물은 받아 마시기 시작한 것이다.

그 남자뿐만 아니라 다른 분수대에서도 비슷한 광경이 펼쳐지고 있었다.

"설마 저거 술이야?"

혹시나 하는 마음으로 나 역시 분수대로 걸어가 식탁 위에 놓인 잔을 집어 들었다.

그리고는 분수대에서 쏟아지는 물을 받아 한 모금 들이켰다.

톡 쏘면서 입 안 가득 퍼지는 달달한 알코올 냄새.

기가 막히게도, 분수에서 흘러내리는 물의 정체는 최고급에 속하는 샴페인이었다.

"옛날 걸왕도 아니고 이 무슨 미친 짓거리야?"

과거 하나라의 걸왕은 인공 정원을 만들고 연못은 술로 가득 채웠으며, 그 주위 둘레는 고기를 가득 쌓아 안주의 숲을 만들었다.

이때 탄생한 사자성어가 바로 그 유명한 주지육림이었다.

그때에 비교할 정도는 아니지만 확실히 이곳 정원도 정상은 아닌 것이 분명했다.

'대체 돈을 얼마나 쏟아부은 거지?'

그렇게 기분이 가라앉을 무렵, 샴페인 잔을 들고 있는 미모의 여성이 내게로 걸어왔다.

"어머, 오빠는 처음 보는 얼굴이네? 이렇게 잘생긴 사람이 모임에 있었으면 내가 몰랐을 리 없는데. 신입 멤버야? 아니면 누구 소개로 초대된 거야?"

"……초대로 왔습니다. 그런데 실례지만 누구신지?"

내 질문에 여성이 씩 웃더니 곧 굵은 남자 목소리를 흉내 내며 말했다.

"나? 음, 사람이 곧 미래입니다. 어디선가 들어 본 적 있죠?"

머릿속에 곧장 TV 광고 하나가 떠올랐다.

"두정 그룹?"

"딩동댕!"

두정 그룹은 재계 30위권으로, 건설업이 호황일 당시에는 재계 10위권의 문을 두드린 적도 있는 거대 기업이었다.

지금에야 건설 경기가 많이 죽으면서 순위가 많이 떨어졌지만, 그렇다고 해서 명문가의 명성이 어디로 사라진 것은 아니었다.

특히 나이가 어느 정도 있는 사람들에게 있어서 두정 그룹은 지금의 대한민국 경제를 만드는 데 기여했다는 이미지가 뿌리 깊게 박혀 있었다.

미모의 여성이 싱긋 웃으며 말했다.

"거기 회장님이 우리 할아버지야. 그래서 그쪽은 누구 소개로 왔어?"

"레이아의 소개로 왔습니다."

잠시 생각을 하던 여성이 이내 반문과 함께 탄성을 터트렸다.

"레이아? 아! 그 언니? 헤에, 이거 놀랍네. 혹시 그 언니 이거는 아니지?"

순간적으로 추켜올리는 새끼손가락.

그 모습에 절로 눈살이 찌푸려졌다.

"절대 아닙니다."

"기분 나빴으면 미안. 혹시나 해서 물어봤어. 지금까지 그 언니가 누구를 초대하거나 함께한 적이 없었거든. 이곳에 오더라도 눈도장만 찍고 돌아가기 바빴으니까."

만약 이곳에 오지 않았다면 레이아가 어째서 그런 행동을 보였는지 이해하지 못했을 것이다.

하지만 오늘 이곳에 오고 보니 전부는 아니지만 어느 정도 이해는 됐다.

레이아 그녀는 의외로 이런 허례허식을 경멸할 정도로 싫어했다.

"아무튼 만나서 반가워. 난 정혜리야. 그쪽은?"

"한정훈입니다."

"음, D.K 그룹 소속?"

고개를 내저었다.

그리고는 자리를 피할까 하다가 생각을 조금 달리 먹기로 했다.

'일단 왔으니, 우선은 이곳의 분위기에 적응해서 상황을 좀 보자. 어차피 내게 도움이 될 만한 사람을 찾는 게 목적이었으니까.'

얼굴에 가면을 쓰는 일.

그건 다수의 정착자를 경험하고 비도크의 기억이 있는 내게 그리 어렵지 않은 일이었다.

"스읍."

가볍게 숨을 들이켰다.

그와 함께 가면이 내 얼굴에 씌워졌고 입가에는 싱긋 미소가 지어졌다.

"D.K 그룹은 그냥저냥 아는 사이고, 저는 현재 서울중앙지검에서 일하고 있습니다."

중앙지검이라는 소리에 정혜리의 눈이 커진다.

"검찰청? 설마 검사예요?"

조금 전까지의 반말이 존댓말로 바뀐다.

예상했던 반응에 고개를 끄덕였다.

어찌 됐든 대한민국에서 검사란 신분이 초면에 반말할 정도로 만만한 위치는 아니었다.

정혜리가 이채를 띠며 말했다.

"와! 나이는 나랑 비슷해 보이는데 학창 시절에 공부 잘했나 보네요? 난 매일 꼴등이었는데. 과외에 들어간 돈만 해도 강남에 건물 하나 샀을걸요? 그래도 공부는 영 체질에 안 맞더라고요. 그래도 짜잔!"

정혜리가 갑자기 내 앞으로 양손을 들어 올렸다.

정확히 말하면 손톱을 보인 것이다.

그녀의 손톱에는 귀여운 캐릭터들이 자리 잡고 있었다.

"네일 아트?"

"맞아요! 예쁘죠? 이거 제가 직접 한 거예요. 이래 보여도 제가 한 네일 아트 하거든요."

재벌 3세가 하는 네일 아트라.

어떤 건지 상상도 안 되지만, 그래도 미소를 머금고 고개를 끄덕여 줬다.

지금은 최소한의 립서비스가 필요한 시점이었다.

"아주 예쁘네요."

"헤헤, 참. 여기 처음이면 내가 사람 좀 소개시켜 줄까요? 이래 보여도 난 여기 참석한 지 꽤 됐거든요. 안면도 대부분 터서 누가 누구인지 잘 알려 줄 수 있는데. 어때요?"

"공짜로 말입니까?"

씩―

웃음을 흘린 정혜리가 이내 품에서 명함 하나를 꺼내 내게 내밀었다.

고급스러워 보이는 명함에 내가 고개를 갸웃거리자 정혜리가 말했다.

"내가 운영하는 네일숍이에요. 나중에 한번 찾아와요. 음, 일종의 영업이라고나 할까?"

정말이지 엉뚱한 여성이었다.

천진난만하다고 해야 할까?

아니면 원래 성격 자체가 근심 걱정 없이 지나치게 밝다고 해야 할까?

물론 본인이 타고난 것도 있겠지만 든든한 뒷배가 있기 때문에 가능한 것도 있을 것이다.

애초에 세상을 살면서 걱정이란 것과는 거리가 먼 인생을 살아왔을 테니까 말이다.

그래도 기분이 썩 나쁘지는 않았다.

고개를 끄덕이며 말했다.

"D.C를 해 주신다면 방문하겠습니다."

"그거야 당연하죠! 자, 이리 따라와요."

정혜리가 앞장서서 걷기 시작했다.

잠시 그녀의 뒷모습을 바라보다가 이내 뒤를 따르기 시작했다.

곳곳에서 날카로운 시선이 느껴지기는 했다.

'호기심, 분노, 질투 같은 감정인가?'

참으로 다양한 감정이었다.

그리고 그 감정을 통해 정혜리가 이 모임에서 어떤 위치를 차지하고 있는지 대충 알 수 있었다.

적어도 이곳에 있는 사람들과 대부분 안면을 텄다는 것은 진실인 것 같았다.

그러니까 이처럼 뜨거운 감정을 보이는 게 아닐까?

멈칫.

그렇게 앞서 걷던 정혜리가 어느 순간 걸음을 멈추고 한쪽을 가리켰다.

"일단 이 모임에 처음 온 거니까, 꼭 알고 있어야 하는 사람부터 알려 줄게요. 사실상 이 모임의 핵심이 되는 멤버. 실질적으로 대한민국을 이끌어 갈 차세대 지배자라고 해야 할까? 아무튼, 밉보이면 세상살이가 고달프게 만들 수 있는 사람들이에요."

그렇게 정혜리가 가리킨 곳을 바라본 순간 내 눈에 당혹스러움이 피어났다.

전혀 생각지도 못한 인물이 정혜리의 손끝에 걸려 있기 때문이었다.

Chapter 150. 다시 만난 손태진

"요새 TV에 자주 나오는 분인데. 혹시 누군지 알고 있어
요?"

"물론이죠."

모를 리가 없었다.

정혜리의 손끝이 가리키고 있는 사람.

그는 다름 아닌 손태진이었다.

'설마 이곳에서 보게 될 줄이야.'

머릿속에 미래에서 알게 됐던 내용이 떠올랐다.

손태진은 바로 이 나라, 대한민국의 대통령이 되는 사람
이었다.

과거로 치자면, 소위 말하는 만인지상의 자리에 오르는 것이다.

'정말 대단한 사람이야.'

손태진을 처음 만났던 것은 KV 백화점의 구조 현장이었다.

모두가 죽음을 생각하고 있는 상황에서도 그는 탁월한 리더십을 발휘해 수십 명의 사람에게 희망과 용기를 불어 넣어 줬다.

그 당시만 해도 대단한 인물이라고 생각은 했지만, 사실 딱 거기까지였다.

학교로 날 찾아오고 내가 도깨비 도사라는 것을 알아냈을 때만 해도 설마하니 그가 대통령이 될 것이라고는 상상도 하지 못했다.

"저 사람 작년부터 모임에 나오기 시작했는데. 이 모임에서 완전 스타예요. 본인이 잘나가는 것도 있지만, 집안이 워낙 빵빵하잖아요?"

재벌 3세인 정혜리가 이런 말을 하는 것도 우습지만, 사실은 사실이었다.

본래 재벌과 정치인은 악어와 악어새의 관계라고 할 수 있다.

돈과 권력은 떼려야 뗄 수 없는 관계이기 때문이었다.

그런 면에서 볼 때, 손태진의 아버지 손진석은 대한민국 정치권에서 어마어마한 영향력을 발휘하는 인물이었다.

어느 정도인가 하면, 웬만한 중소기업 정도는 하루아침에 국세청의 세무조사를 받게 할 수 있었다.

그뿐인가?

소위 말하는 대기업의 임원이라고 해도 일주일 이내에 검찰청 앞에서 대국민 사과를 하게 만들 수 있는 사람이 바로 손태진의 아버지 손진석이었다.

"계속 지켜보니 완전 스타가 따로 없군요."

손태진의 주변에는 참 많은 사람들이 모여 있었다.

얼굴을 아는 사람은 한 명도 없었지만, 이 모임에 참석했다는 사실만 놓고 봐도 그들 전부 어디 가서 한가락 하는 인물들임은 부정할 수 없는 사실이었다.

"응? 저 오빠도 왔었네?"

잠시 손태진을 바라보고 있을 무렵.

살짝 놀란 것 같은 정혜리의 목소리가 들렸다.

고개를 돌리니 정혜리가 어느 한 곳을 향해 시선을 집중하고 있었다.

"저 사람은 곽진수 선수 아닙니까?"

정혜리가 바라보고 있는 곳에는 훈훈함을 잔뜩 뿜어내는 훤칠한 키의 남성이 서 있었다.

그 남성은 대한민국, 그중에서도 20대와 30대라면 대부분 알고 있는 올림픽 메달리스트이자 쇼트트랙 간판스타인 곽진수였다.

"올림픽 메달리스트면 이곳에 출입할 수 있는 모양이군요."

내 중얼거림에 정혜리가 피식 웃으며 입을 열었다.

"네? 에이, 그럴 리가요. 저 오빠가 금메달 한 개를 따든 열 개를 따든 여기 들어올 자격은 안 되죠. 금메달 딴다고 수십억을 주는 건 아니잖아요? 음, 이것저것 다 하면 1억 정도 되려나?"

"맞습니다. 여성들은 그런 거에 관심이 없는 줄 알았는데 의외네요."

정혜리의 답변에 조금 놀랐다.

사실 말이야 바른말로, 금메달은 개인과 국가의 명예를 드높이는 일이지 큰돈이 되지는 않는다.

연금이라고 해 봐야 100만 원 남짓.

물론 적은 돈은 아니지만, 금메달을 따기 위해 흘린 땀에 비하면 크다고 할 수도 없는 돈이었다.

그렇기 때문에 금메달로 돈을 벌려면, 우선 선수 개인이 뛰어난 스타성이 있어야 되고 후원을 해 주는 단체가 거대 기업이어야 한다.

그 상태에서 TV 출연을 하고 닥치는 대로 광고를 찍으면, 서울에 빌딩 하나 정도는 살 수 있는 돈을 모을 수 있을 것이다.

하지만 애초에 이곳에 있는 사람들은 태어날 때부터 수

백억이 넘는 자산을 상속받은 존재들이었다.

다시 말해서 세계를 주름 잡는 월드 스포츠 스타라면 모를까, 금메달리스트로 명함을 내밀어 봤자 눈 하나 깜짝할 인간들이 아니었다.

정혜리가 어깨를 으쓱거리며 내 말을 받았다.

"그냥 상식이 거죠. 진짜 골 빈 애들이나 머릿속에 아무것도 안 담고 사는 거지, 재벌 3세 정도면 어지간한 지식과 상식은 머릿속에 담고 다닌다고요. 내 옆에서 불경 외우듯 과외 하던 선생님이 몇 명인데요. 아기들도 부모가 옆에서 계속 같은 말을 반복하면, 의미는 몰라도 따라서 말할 줄은 알잖아요? 아무튼, 저 오빠는 자기 능력으로 여기 들어온 게 아니에요. 굳이 비교하자면, 정훈 씨랑 같은 케이스라고나 할까?"

"네?"

"저 오빠 옆에 있는 여자 보이죠?"

정혜리가 곽진수 옆에 있는 여성을 가리켰다.

허리까지 내려오는 긴 생머리에 시선을 확 끄는 빨간 원피스, 그리고 유난히 깊게 파인 보조개가 인상적인 미인이었다.

"미래 캐피털이라고 들어 봤어요? 그곳 회장의 무남독녀가 저기 있는 왕세아예요."

"으음."

미래 캐피털.

과거 대한민국에서 큰손이라고 불리던 대부 업체의 전신
이다.

내 기억에 의하면, 왕 회장이라고 불리는 그곳의 대표는
신비로운 인물로, 사채업계에서는 전설과 신화로 통한다고
들었다.

'IMF 시절 대기업 회장들이 그의 집 앞에서 며칠을 밤새
워 기다리면서 돈을 빌려 갔다고 하지?'

물론 이 소문이 어디까지가 진실이고 거짓인지 정확히는
알 수 없다.

다만 과거 재계 8위에 위치했던 쌍진 그룹의 故 민지철
회장 자서전에 따르면, 당시 왕 회장에게서 돈을 빌린 기업
인들만이 IMF의 위기를 버틸 수 있었다고 한다.

거대 기업의 총수나 되는 인물이 자서전에 그런 기록을
남길 정도면, 어느 정도 신빙성이 있는 사실일 것이다.

"저 언니가 저 오빠한테 완전 빠졌거든요. 그래서 오늘
모임에도 데리고 온 거예요. 뭐, 바보 온달이 평강 공주를
만난 셈이라고 해야 할까요? 결혼만 하면 저 오빠도 완전
인생 피는 거죠. 저 언니 아버지가 허락을 해 줄지는 모르
겠지만 말이에요."

사실 스포츠 스타인 곽진수가 어디 가서 이런 취급을 받
을 사람은 아니지만, 워낙 상대가 상대이다 보니 정혜리의

말은 충분히 설득력 있었다.

"자, 그럼 이번에는 저리로 가요."

그렇게 정혜리는 계속 날 데리고 다니면서 제로 데이에 참석한 사람들 중에서 나름 인지도가 있는 사람들을 소개시켜 줬다.

개중에는 한 번쯤 이름을 들어 본 이들도 있었고, 생전 처음 듣는 기업과 가문의 사람들도 있었다.

'그래도 완전 막장은 아니네. 재벌 3세들이 모였다고 해서 온갖 망나니짓을 하는 건 아닌가 싶었는데.'

왜 TV나 영화에서 자주 나오지 않던가?

각종 마약을 하거나 술에 만취해서 이성을 잃고 주변 사람들에게 폭력을 행사하는 그런 장면 말이다.

하지만 주변을 둘러봐도 그런 모습은 전혀 찾아볼 수 없었다.

적어도 이 생각을 하기 전까지는 말이다.

와장창!

"……."

바로 취소해야겠다.

생각을 하기 무섭게 연회장 한편에서 심상치 않은 분위기가 연출되고 있었다.

176cm 정도 됐을까?

딱히 큰 특징도 없고 평범해 보이는 남성 한 명이 자신보다 머리 하나는 더 커 보이는 남성의 멱살을 움켜잡고 있었다.

멱살이 잡힌 남성은 한눈에 보기에도 귀티가 흐르는 것이, 오늘과 같은 장소가 아니라 밖에서 봤어도 어디 귀한집 자식이 아닐까 하는 생각을 한 번쯤 했을 만한 생김새였다.

마찬가지로 소리가 난 방향으로 고개를 돌린 정혜리가눈살을 찌푸렸다.

"……저 오빠 또 시작이네."

호기심에 즉시 물었다.

"누군지 압니까?"

"키 작은 오빠는 KV 건설 곽호성이고, 멱살이 잡힌 쪽은대양해운 김도준이에요."

KV 건설이라는 소리에 내 눈이 반짝였다.

그렇지 않아도 오늘과 같은 자리에 KV 그룹 일가 사람중 한두 명쯤은 참석했을 것으로 생각했는데, 드디어 발견한 것이다.

"대양해운이라면 KV 그룹과 비교해도 그리 작은 규모는아닐 텐데, 저런 수모를 당하는 겁니까?"

5년 뒤면 KV 그룹이 D.K 그룹을 인수하며 재계 2위까지 오르지만, 그건 어디까지나 미래의 일이다.

지금의 대양해운은 대한민국의 조선업 분야에서 한 손에꼽히는 곳이었다.

대양해운 자체가 대한 그룹의 현 회장인 조달만의 작은 아버지가 세운 회사로, 지금도 그 관계가 그리 나쁘지 않았다.

실제로 대한 그룹이나 대양해운의 행사가 있을 경우, 양측의 임원들이 번갈아 가며 참석하는 장면이 종종 언론을 통해 노출되기도 했었다.

"저게 조금 복잡하긴 한데. 곽호성은 직계이고 김도준은 방계이거든요. 근데 방계라고 해도 워낙 능력이 출중하다 보니 회사에서 중책을 맡게 되었고, 2년 전인가 3년 전부터 모임에 참석하고 있어요. 근데 곽호성이 좋아하던 여자가 하필 김도준에게 고백하고 사귀면서부터 꼬이게 된 거죠. 모임에서 만나면 늘 저래요. 오늘은 좀 조용히 넘어가나 했는데, 쯧."

혀를 차는 정혜리를 보며 나 역시 헛웃음이 나왔다.

좋아했던 사람 때문에 감정의 골이 깊어져 서로 질투하고 싸우는 모습을 보면, 금 수저나 다이아 수저를 물고 태어났다고 해도 그들 역시 사람인 것이다.

'그래도 나쁘지는 않아.'

그저 평범하고 아무런 마찰 없이 이 모임이 끝났다면 오히려 내가 서운했을 것이다.

적어도 서로가 치고 박고 피 좀 흘려 줘야 비로소 내가 이곳에 온 보람이 있었다.

"야! 너 내가 다시는 이 모임 나오지 말라고 했지?"

멱살을 잡고 으르렁거리는 곽호성을 보며 김도준이 짜증 어린 얼굴로 입을 열었다.

"이 손 놓으시죠? 그리고 엄연히 나도 이곳에 정식으로 참석할 자격을 획득했습니다. 그러니 그쪽이 이래라저래라 할 이유가 없습니다."

"뭐? 이 새끼가! 배 쪼가리나 만들어서 파는 거지 주제에!"

곽호성의 막말에, 순간 김도준의 눈빛이 변했다.

적어도 대한민국에서 대양해운을 두고 그리 말하는 사람은 없었다.

대한 그룹의 조달만 회장도 대양해운을 이런 식으로 무시할 수는 없었다.

"……지금 말은 그냥 넘길 수 없겠습니다."

파앗!

동시에 멱살을 잡혔던 손을 단숨에 풀어낸 김도준이 그대로 곽호성을 밀쳐 냈다.

콰당!

"으으."

김도준의 힘을 감당하지 못한 곽호성은 그대로 몇 발자국 밀려나며 꼴사나운 모습으로 넘어졌다.

애초에 체구는 물론 키 또한 김도준에 비할 바가 아니었다.

김도준이 싸늘한 눈빛으로 곽호성을 바라보며 말했다.

"비싼 수저 물고 태어났으면, 적어도 그에 걸맞은 수준은 갖추기 바랍니다."

"이 개자식이!"

곽호성의 입에서 욕설이 흘러나왔다.

하지만 그렇다고 김도준에게 달려들지는 못했다.

힘으로는 김도준에게 이길 수 없음을 본인 스스로도 알고 있던 것이다.

김도준이 그런 곽호성을 바라보다가 몸을 돌리려고 할 때였다.

"듣자하니 이번에 싱가포르의 BA 그룹에서 진행하는 유조선 수주 입찰에 참여했다지?"

멈칫.

순간적으로 김도준의 몸이 멈췄다.

그리고 동시에 그가 잔뜩 굳어진 얼굴로 곽호성을 쳐다봤다.

곽호성이 김도준을 바라보며 실실 쪼개기 시작했다.

"그런데 그거 알고 있나? 우리 KV 건설과 BA 그룹이 꽤 돈독한 사이라는 거 말이야."

곽호성의 말은 사실이었다.

BA 그룹과 계약을 맺은 KV 건설은 각종 사업을 도맡아 왔다.

"이번에 그 수주 못 받으면 자리가 위태로울 것 같은데? 듣자하니 대양해운 자금 사정이 안 좋다며? 크크."

현재 대한민국 조선업은 정체기인 상황이었다.

그간 뛰어난 기술력을 바탕으로 세계 조선업을 주도해 왔지만, 중국과 같이 막대한 자본력과 인력을 내세운 후발 주자의 등장으로 이제는 기술력마저 위협받고 있는 실정이었다.

부들부들.

김도준이 별다른 말을 하지 못하고 몸을 떨었다.

설마 이런 식으로 곽호성에게 공격을 받을 줄은 상상도 못한 것이다.

곽호성이 아무런 말을 하지 못하는 김도준을 향해 비릿한 미소를 지었다.

"뭐, 지금이라도 내 앞에 무릎 꿇고 잘못했다고 시인하면, 내 넓은 아량으로 BA 그룹에 전화를 거는 행동 같은 건 참아 주지. 하지만 그게 아니라면, 알지?"

"……."

연회장 안의 사람들의 시선이 호기심 어린 눈빛으로 변했다.

그리고 그들은 하나같이 김도준을 향하고 있었다.

일반 사람이었다면 치졸하고 비겁한 곽호성을 욕했을지도 모른다.

그러나 이곳에 모인 대부분의 사람들은 약육강식.

약하면 잡아먹히는 게 당연한 일이라고 배운 사람들이었다.

그들은 곽호성을 보고 있어도 크게 이질감을 느끼지 못했다.

같은 상황이었다면, 본인들도 똑같이 행동했을 것이라는 사실을 알고 있기 때문이었다.

그렇기 때문에 지금 상황에서 김도준의 편을 들어줄 사람은 아무도 없다고 봐야 했다.

곽호성 역시 그 사실을 알기에 지금의 분위기를 즐기고 있었다.

그가 어렸을 때부터 배워 온 재벌가의 방식.

그건 깨지고 다치고 무릎 꿇고 때로는 비겁한 수를 사용한다 한들, 어떻게든 최후의 승자가 될 수 있다면 좋다는 논리였다.

패자는 말이 없는 법.

결국 시간이 흐르면 살아남은 승자가 옳았다는 것을 증명할 수 있기 때문이다.

부르르-

차마 욕설을 내뱉지도 못하는 김도준이 할 수 있는 유일한 행동은 그저 죽일 듯 곽호성을 노려보는 것뿐이었다.

그만큼 BA 그룹으로부터 유조선 수주를 따내는 일은 중요한 일이었다.

당장 이번 계약이 잘못되면 손해 보는 금액만 수조 원.

주주들은 그 책임을 모두 김도준에게 물을 것이고, 그렇게 되면 좌천 정도로 끝나지 않을 게 분명했다.

"어이, 내가 마음 바뀌기 전에 서둘러 결정하는 게 어떨까? 아니면 이대로 BA 그룹에 전화를 걸까?"

한껏 비아냥거리는 목소리.

그 목소리에 뒤이어 주변에서 웅성거림이 흘러나오기 시작했다.

피가 나도록 입술을 깨문 김도준의 무릎이 서서히 굽혀지기 시작한 것이다.

만약 김도준이 자신만 아는 이기적인 인간이었다면, 곽호성의 이런 협박은 씨알도 먹히지 않았을 것이다.

오히려 곽호성의 면전을 향해 바로 주먹이 날아갔을 것이다.

비록 방계라곤 하나, 김도준 역시 어엿한 재벌가의 핏줄이면서 보다 인간적인 성격을 가지고 있었다.

오죽하면 회사에서 그의 별명이 돈 많은 부처님일까?

이런 김도준의 성격을 잘 알고 있기 때문에 곽호성 또한 조금 전과 같은 협박을 했던 것이다.

결국, 자신의 뜻대로 될 것이라는 판단 아래 말이다.

그렇게 곽호성의 뜻대로 김도준의 무릎이 막 굽혀지려던

찰나였다.

덥석.

자신의 몸을 가로막는 손에, 무릎을 꿇으려던 김도준이 당황 어린 표정으로 고개를 돌렸다.

그런 김도준을 보면서 난 천진난만한 표정으로 미소를 짓고는 말했다.

"저런 구닥다리 같은 거짓말에 무릎을 꿇으려고 하다니. 생각보다 아마추어시군요."

"……누구십니까?"

김도준의 물음에 난 어깨를 으쓱거렸다.

그 사이로 성난 곽호성의 목소리가 들려왔다.

"넌 또 뭐 하는 새끼야!"

곽호성 입장에서 나라는 존재는 다 된 밥에 재를 뿌린 훼방꾼처럼 보일 것이다.

이글거리는 그의 눈빛에 가볍게 콧방귀를 한번 뀌어 주고는 김도준을 쳐다봤다.

"고작 전화 한 통에 대양해운과의 계약을 포기할 만큼, BA 그룹이 KV 건설의 가치를 높게 보고 있다고 생각합니까? 아니면, 대양해운의 가치가 그 정도밖에 안 된다고 생각하는 겁니까?"

"그건……."

김도준이 말끝을 흐렸다.

그의 심정을 모르는 건 아니다.

분명 KV 건설은 BA 그룹과 계약을 통해 싱가포르에 다수의 빌딩을 올렸다.

이건 알 만한 사람들은 모두 아는 사실이다.

그러나 그를 통해 KV 건설이 막대한 이익을 봤느냐고 묻는다면 그에 대한 대답은 '아니다.'라고 할 수 있다.

오히려 빌딩을 올릴 때마다 KV 건설은 상당수 적자를 봤다.

그런데도 막대한 이득을 본 것처럼 사람들이 알고 있는 이유는, 그 적자의 대부분이 정부의 투자를 통해 메워졌기 때문이었다.

전전대 정권은 대기업 살리기라는 명목 아래 해외 건설을 진행하는 기업들에게 막대한 특혜를 제공했다.

다시 말해서 BA 그룹에게 있어서 KV 그룹은 싼값으로 자신의 나라에 건물을 올려 주는 일종의 호구였던 것이다.

반대로 조선업이 불경기라고는 하지만 대양해운은 전 세계에서 그 기술을 인정받고 있는 회사였다.

비싼 가격이지만, 물건은 그만한 가치를 자랑하는 회사.

다시 말해서 애초에 대양해운에게 선박 수주를 맡기려는 곳은 돈 몇 푼에 마음을 돌리거나 누군가의 압력에 의해 쉽게 거래를 포기할 곳이 아니었다.

"전화해 보라고 하시죠."

"만약 그렇게 해서 정말 거래가 취소되면 어떻게 합니까?"

"그럼, 제가 그만한 액수만큼의 거래를 다시 찾아 드리죠."

선박 발주를 할 만한 회사는 알지 못한다.

하지만 앞으로 어떤 회사가 대양해운에게 선박 발주를 맡길지 정도는 알고 있었다.

앞으로 1년 뒤, 대양해운은 무려 50억 달러에 가까운 선박 수주에 성공한다.

그로 인해 대양해운의 주가 또한 무려 20% 가까이 오르게 되어 있었다.

그러니 그 회사와 미리 접촉을 해서 대양해운과 연결 고리만 만들어 줘도 지금의 일은 충분히 해결할 수가 있었다.

'물론 그런 일은 일어나지 않겠지만 말이야.'

변하지 않는 진리.

애초에 곽호성 정도의 지위와 힘으로는 이 거래를 망칠 수 없다.

날 지그시 바라보던 김도준의 시선이 이내 곽호성에게로 돌려졌다.

"해 봐."

곽호성이 당황한 표정으로 입을 벌렸다.

"뭐, 뭐?"

"BA 그룹에 전화 넣어 보라고."

마음을 굳게 먹었기 때문일까?

김도준의 목소리에는 일말의 떨림도 없었다.

하지만 정작 곽호성은 그 반대였다.

"너, 너 이 새끼 미쳤어? 정체도 모르는 저딴 새끼 말을 듣고 지금 날 시험하겠다고? 그러다가 정말로 BA 그룹에서 네놈 회사에 일을 안 맡기면 어쩌려고!"

"그럼, 더 열심히 뛰어다니면 되지."

"……뭐?"

"확실히 난 여기 있는 남자가 누구인지 모른다. 하지만 이 사람 덕분에 하나는 깨달았지. 고작 네놈의 전화 한 통 때문에 접힐 거래라면, 애초에 그딴 일은 진행할 필요가 없다는 거야. 그런 거래는 언제든 깨질 수 있으니까. 그리고 만약 일이 틀어진다면 그땐 내가 더 열심히 뛰어다니면 된다. 그게 바로 원래 내가 해야 할 일이기도 하니까."

"……."

곽호성은 아무런 말을 하지 못했고 주변의 사람들도 숨을 죽였다.

지금 이 순간 이 자리에 모여 있는 이들이 김도준의 카리스마에 압도당한 것이다.

"전화 안 할 건가?"

김도준이 곽호성의 손에 들린 휴대폰을 가리켰다.

부르르-

곽호성이 몸을 떨었다.

하지만 그는 끝내 통화 버튼을 누르지 못했다.

애당초 모든 것이 허세였다.

BA 그룹과 통화할 수 있는 연락처가 있는 것은 사실이지만, 그 대상이 대양해운과의 거래를 가지고 이래라저래라 할 위치는 아니었다.

애초에 관계를 맺고 있는 것은 건설 분야에 한해서였다.

"그럼, 그렇지. 괜히 똥폼 잡은 거였네?"

"저 오빠는 학생 때도 그러더니 나이 먹고도 달라진 게 하나 없네."

"괜히 저런 놈들이 설치니까 우리까지 욕먹는 거야. 사람이 말이야 어떻게 입만 열면 거짓말이야?"

곽호성의 태도가 허세라는 것이 밝혀지자, 지금까지 상황을 관망하던 사람들로부터 비웃음 섞인 조롱이 흘러나왔다.

그들의 생리를 정확하게 보여 주는 모습이었다.

그 순간 곽호성의 시선이 내게로 향했다.

당장이라도 날 죽여 버리겠다는 살기가 잔뜩 어려 있는 눈빛이었다.

"……개자식! 네놈만 아니었어도! 으아아!"

주먹을 불끈 쥔 곽호성이 외미다 비명을 지르며 내게 달려오려던 찰나였다.

슥─

불과 몇 발자국 되지 않는 거리를 비집고 정혜리가 끼어 들었다.

분노로 눈이 뒤집히긴 했지만, 그래도 곽호성에게 한 가 닥 이성은 남아 있었다.

정혜리의 얼굴을 알아본 곽호성이 주먹을 풀고 입을 열 었다.

"정혜리?"

"더 망신당하기 전에 그냥 여기서 끝내지 그래요?"

"뭐?"

"저 오빠 검사에요. 그것도 중앙지검. 아무리 우리가 재 벌 3세라고 해도 현직에 있는 검사한테 주먹을 휘둘렀다가 는 꽤 피곤할걸요? 그 정도는 알지 않아요?"

"흥, 그깟 평검사 따위를 무서워하라고?"

틀린 말도 아니다.

적어도 재벌을 겁주려면, 검사장 정도는 되어야 한다.

솔직히 그들 입장에서야 평검사 정도는 입김 한 번으로 날려 버릴 수 있다.

정혜리가 피식 웃으며 말한다.

"고작 평검사라는 신분으로 여기 들어올 수 있었겠어요? 평검사로 여기 들어올 정도면 이 오빠 뒤에 뭐가 있는지 한 번쯤은 생각해 봐야죠."

"……."

그제야 뭔가 이상하다는 것을 깨달았을까?

곽호성의 눈에서 힘이 풀렸다.

실제로 곽진수와 왕세아의 경우가 있지 않던가?

제아무리 막 나가는 곽호성도 곽진수를 함부로 할 수가 없었다.

미래 캐피털의 왕세아는 그의 아버지조차 함부로 할 수 없는 사람이었기 때문이다.

만약 그녀에게 사고를 치기라도 했다가는 다음날 바로 평사원으로 강등될 것이다.

곽호성이 불안한 시선으로 내 위아래를 훑었다.

독기는 빠지고 겁먹은 강아지 한 마리가 눈앞에 있었다.

그 모습에 김이 빠져 버렸다.

애초에 내가 원하는 상황은 이런 게 아니었다.

'명분을 만들고 싶었는데, 아쉽네.'

애초에 내가 제로 데이에 참석한 목적은 두 가지였다.

첫째는 인맥을 위해서다.

미래를 경험한 뒤로 혼자서 모든 것을 할 수 있다는 생각은 버렸다.

혼자서 할 수 있는 것과 여럿이 할 수 있는 것은 분명 달랐다.

또한 내게 남은 시간은 불과 5년 남짓.

물론 내가 미래를 알게 됨으로써 본래 있어야 될 일들이

사라질 수도 있다.

그러나 그건 어디까지나 가정이다.

언제 어느 일의 나비 효과로 인해 그 미래가 그대로 벌어질지 알 수 없는 일이었다.

그러니 최대한 나를 도와줄 수 있는 사람을 찾아 내 편으로 만들어야 했다.

둘째는 싸움을 걸기 위한 명분을 찾기 위해서였다.

상류층 파티, 제로 데이에 KV 그룹의 자제가 당연히 있을 것으로 판단했다.

거기서 만든 시시비비를 통해 상대를 공격할 명분을 만든다면, 당연히 그 뒤에 진행할 일이 쉬워질 수밖에 없다.

그 자리에 함께 있던 인물들을 통해 어째서 상황이 이렇게 됐는지가 퍼져 나갈 것이기 때문이다.

하지만 곽호성이 꼬리를 말아 버리면서 결국 두 번째 목적은 실패하고 말았다.

'여기서 괜히 곽호성을 건드리면 오히려 시비를 건 쪽은 내가 되니까.'

결국, 사람들이 기억하는 것은 마지막이 어떻게 되었느냐 뿐이었다.

처음의 시작이 중요한 게 아니라 남는 건 오로지 결과뿐이다.

"좋은 날인데, 이제 그만하고 여기서 끝내요."

정혜리가 다시 한 번 중재를 하고 나서자 나와 김도준을 노려보던 곽호성이 입술을 질끈 깨물고는 몸을 돌렸다.

"에이, 이렇게 끝이야?"

"가서 술이나 마시자고."

"오빠, 우리 저리로 가요!"

그러자 주변의 사람들도 흥미가 사라진 듯 다시 자신들이 놀던 자리로 걸음을 옮겼다.

'이대로 포기하지 마라.'

속으로 점점 멀어지는 곽호성을 응원한 뒤, 날 바라보고 있는 김도준과 정혜리를 쳐다봤다.

"어우, 정훈 씨. 무슨 사람이 겁이 없어요? 설마 검사라는 직업이 여기서 먹힐 거라고 생각한 건 아니죠?"

"주먹질도 제법 자신이 있어서 말이죠."

주먹을 들어 올려 보이자 정혜리가 어이없다는 듯 나를 보다가 고개를 흔들었다.

그러는 사이 김도준이 오른손을 내밀었다.

"정훈 씨라고 하셨나요? 검사님이시라고요?"

"소개가 늦었습니다. 서울중앙지검에서 일하고 있는 한정훈이라고 합니다."

"오늘 일은 감사합니다. 덕분에 추태를 면했네요."

"감사라고 할 것까지 있나요. 그냥 보고 있자니 화가 나서 나선 것뿐입니다."

"그런데 아까 하신 말씀은 진짜입니까? 만약 BA 그룹과의 계약이 파기되면, 정말로 그만한 액수의 계약을 추천해 주시려고 했던 겁니까?"

이 상황에서 그걸 물어보다니 확실히 타고난 사업가는 사업가다.

김도준에 대한 내 평가는 이랬다.

그는 지금도 반짝거리는 눈빛으로 나를 바라보고 있었다.

만약 내게 그만한 거래를 진행해 줄 수 있는 능력이 있다면, 아마 모르긴 몰라도 무릎을 꿇고도 남을 것이다.

씩—

"글쎄요? 그걸 확인하고 싶다면 오늘 BA 그룹과의 계약이 파기되었어야 했을 겁니다. 그렇지 않은 이상 답은 저만 가지고 있도록 하죠."

김도준의 눈에 순간적으로 아쉬움이 스쳐 지나갔다.

저벅— 저벅—

바로 그때 또 다른 발자국 소리가 들렸다.

그리고 그 발자국 소리를 듣는 순간 순간적으로 솜털이 곤두섰다.

"이거 오랜만에 뵙겠습니다."

귓가로 들리는 익숙한 목소리.

소리가 들려온 곳에 서 있는 건 바로 손태진이었다.

TIME ROULETTE
타임룰렛

Chapter 151. 사냥 시작

예상은 했다.

이렇게 소란을 피우고 사람들이 웅성거렸는데 손태진이 관심을 안 가졌을까?

그 또한 한 명의 관람객으로서 이 모든 것을 지켜보고 있었을 것이다.

그리고 그의 기억력이라면 분명 나를 알아봤을 것이다.

정면에서 나를 바라보고 있는 손태진과 눈을 마주치며 말했다.

"오랜만이네요."

"여기서 보게 될 줄은 몰랐는데? 사람 인연이라는 게 참

놀라워.”

손태진의 대답은 많은 의미를 함축하고 있었다.

여기서 날 본 게 의외라고 생각할 수도 있고, 그게 아니면 어떻게 네가 이 자리에 온 것인가라고 해석할 수도 있다.

'어찌 됐든 놀란 건 사실이겠지.'

평온한 얼굴로 태연하게 말하고는 있지만, 지금의 내 눈에는 보인다.

애써 침착함을 유지하기 위해 억지웃음을 짓고 있는 그의 모습이 말이다.

'그러고 보니 이 사람과는 참 인연이 깊네.'

만남이 세 번만 지속돼도 전생에 인연이었다는 말이 있다.

만약 그 말이 사실이라면, 나와 손태진은 분명 전생에 어떠한 연결 고리가 있었을 것이다.

그것도 꽤 깊은 연결 고리 말이다.

“알고 있는 사이였어요?”

손태진이 나에게 친근하게 인사를 건네는 모습이 놀랐던 것일까?

정혜리가 은근슬쩍 옆구리를 찔러 오며 물었다.

말은 하지는 않았지만 김도준 역시 꽤 놀란 눈초리였다.

앞서 설명했듯 손태진의 집안은 어지간한 재벌 정도는 코웃음 치며 무시할 정도로 대단한 권력을 지닌 곳이었다.

고작 평검사와 이렇게 웃으며 대화를 나눌 사이가 아닌 것이다.

"예전에 제가 이분 목숨을 구해 준 적이 있습니다."

"네? 진짜요?"

놀란 반응을 보이는 건 정혜리와 김도준뿐만이 아니었다. 손태진 역시 크게 눈빛이 흔들린 표정으로 나를 보고 있었다.

설마 내가 이렇게 대놓고 그때의 일을 거론할 줄은 그 역시 상상도 못 했을 것이다.

아직도 도깨비 도사라는 단어를 인터넷에 검색하면, 수십 개가 넘는 기사가 떠오른다.

어찌 됐든 그때의 일은 내게 있어 법적으로 문제가 될 수 있는 문제였다.

더욱이 지금은 현직 검사이지 않은가?

불법으로 사건 현장에 들어가서 구조 활동을 벌였다는 것만으로도 징계를 받거나, 심하면 옷을 벗을 수도 있었다.

하지만 그때는 여론을 움직일 힘도, 사람도 없었던 시기였기 때문에 몸을 사렸던 것뿐이다.

'이제는 아니지.'

언론을 움직일 수 있는 힘도 있고 사람도 있다.

마음만 먹는다면 수천수만의 댓글 알바를 고용할 돈도 있었다.

누군가 나를 물으려고 한다면, 나 역시 작정하고 그 사람 인생을 끌어내릴 능력이 생긴 것이다.

더군다나 범죄라고 해도 어찌 됐든 대의명분은 내게 있지 않은가?

법을 어겼다고 해도 그 행동이 사람을 구하기 위한 것이었다면, 시나리오를 만들기에는 충분했다.

"……이제는 편하게 말하는군. 그만한 시간이 흘렀다는 건가?"

"뭐, 사실이지 않습니까?"

태연한 내 대답에 손태진의 눈이 가늘어졌다.

그 모습에 상대를 좀 더 긁고 싶다는 생각이 들긴 했지만, 오늘은 여기까지만 하기로 했다.

'굳이 적을 늘릴 필요는 없으니까.'

만약 손태진이 대통령으로서 나라의 국정을 망쳤다면, 다른 판단을 했을지도 모른다.

그러나 내가 확인한 미래에서는 그 모습까지 확인할 수가 없었다.

그저 단편적인 것에 불과하다.

더욱이 어찌 됐든 지금의 내 적은 눈앞에 있는 손태진이 아니었다.

슥―

손태진을 향해 먼저 오른손을 내밀었다.

그러자 손태진의 눈썹이 꿈틀거렸다.

"이제는 아무런 힘없는 대학생이 아닙니다. 의원님을 도울 일이 있다면 돕도록 하겠습니다."

"날 도와주겠다고?"

놀란 감정이 목소리에 묻어났다.

"제 능력은 의원님께서도 잘 알고 계시니까요."

여기까지 얘기를 꺼내자 손태진의 눈빛이 반짝거렸다.

"그렇게까지 말한다면 따로 한번 봐야겠군. 조만간 초대를 하고 싶은데, 괜찮겠나?"

국회의원과 현직 검사가 따로 만난다는 얘기가 흘러나온다면, 당장 여러 사람의 입에 오르내릴 것이다.

설령 그게 평검사라고 해도 상대가 워낙 거물이었다.

하지만 적어도 지금 이 자리에 그 사실을 가지고 이러쿵저러쿵할 사람은 없었다.

애초에 그런 짓을 했다가는 이 모임에 참석할 자격이 박탈되고 말 것이다.

[명심해야 할 게 있어. 그 모임에서 들은 내용은 머리로만 기억해야 해. 어디 가서 입을 잘못 놀렸다가는 뒤끝이 좋지 않은 것은 물론 두 번 다시 모임에 참석할 수 없을 거야.]

레이아가 내게 제로 데이의 초대장을 구해 주며, 경고처럼 남겼던 말이었다.

"초대장을 기다리도록 하겠습니다."

"그럼, 다음에 제대로 보지."

잠시 정혜리와 김도준을 바라보던 손태진이 짤막하게 고개를 숙이고는 반대편을 향해 걸음을 옮겼다.

애초에 그의 목적은 나였으니, 약속까지 잡은 이상 이 자리에 계속 있을 필요가 없었다.

아무리 화려한 파티라고 해도 제한 시간은 있는 법.

그 역시 원하는 바를 이루기 위해서는 주어진 시간 동안 바쁘게 움직여야 했다.

"오빠! 정말 평검사 맞아요?"

어느새 정혜리가 나를 부르는 호칭은 정훈 씨에서 오빠가 되어 있었다.

그뿐이 아니었다.

"손태진 씨와 아는 사이였습니까? 게다가 아까 들으니까 목숨을 구해 줬다고 하시던 것 같은데?"

김도준 역시 상당히 놀란 표정으로 나를 바라보고 있었다.

이러니 대한민국이 인맥 사회라고 불리는 것이다.

비록 자신의 능력이 부족하다고 해도 알고 지내는 사람이 소위 업계를 주름잡을 정도로 뛰어나다면, 이처럼 대우를 받을 수 있었다.

"그냥 예전에 잠시 인연이 있어 알고 지내던 사이입니다."

"그냥 알고 지내는 사이라 하기에는 바라보는 눈빛이 심상치 않던데요?"

정혜리의 지적에 난 그저 웃었다.

딱히 대답할 필요성을 느끼지 못했기 때문이다.

"흐응. 뭐, 좋아요. 비밀이 있는 남자가 더 매력이 있는 법이니까."

이건 또 무슨 소리일까?

괜스레 드는 불안한 생각에 시선을 김도준에게로 돌리고 말했다.

"제가 오늘 첫 방문이라서 그런데, 여기서 가장 맛있는 음식이랑 술이 뭡니까?"

대강 원하는 목적은 이뤘으니, 이제는 배를 좀 채우고 쉴 시간이었다.

퍽! 퍽!

곽호성의 주먹이 연신 앞에 있는 사내를 향해 휘둘러졌다. 그때마다 사내의 입술이 터지며 피가 주변으로 튀었지만, 폭행을 당하는 사내는 일말의 비명도 토해 내지 않았다.

아니, 마치 마네킹처럼 뒷짐을 지고서는 곽호성의 주먹을 그대로 맞고만 있었다.

사내는 곽호성의 경호팀장인 하민현이었다.

"헉헉……."

그렇게 한참 동안 하민현에게 주먹을 날리던 곽호성이 거친 숨을 토해 내더니, 이내 입 밖으로 새어 나오는 침을 팔등으로 닦아 내며 외쳤다.

"물!"

말이 끝나기 무섭게 짧은 스커트에 속이 훤히 비치는 흰색 티셔츠를 입은 여성이 재빨리 튀어나와서 생수병을 건넸다.

벌컥— 벌컥—

"크으."

단숨에 절반 이상의 생수병을 비워 내자 붉게 달아올랐던 곽호성의 눈빛이 가라앉기 시작했다.

"후우."

그리고는 크게 심호흡을 한 뒤 한쪽에 마련되어 있는 소파로 가서 앉았다.

"주물러."

마치 하인을 다루는 것과 같은 목소리였지만, 그곳에 모여 있던 사람들 중에서 불만을 토로하는 이는 없었다.

생수병을 건넨 여성이 재빨리 곽호성의 뒤로 가서 그의

어깨와 팔을 주무르기 시작했다.

"으음."

나른함에 달뜬 신음을 토해 낸 곽호성이 하민현에게로 고개를 돌렸다.

까닥—

마치 동물을 대하는 태도였다.

하지만 하민현은 익숙하다는 듯 품에서 손수건을 꺼내 입주변의 피를 닦고는 곽호성의 앞으로 걸어갔다.

"민현이 형."

"네, 전무님."

"에이, 사석에서는 호성이라고 부르라니까."

하민현은 곽호성보다 5살이 많았다.

하지만 사회에서 어디 나이가 대수이던가?

오로지 직급에 의한 상명하복.

10살, 아니 20살이 차이 나도 결국은 자신보다 직급이 높은 사람에게는 굽힐 수밖에 없는 것이 현실이었다.

곽호성이 다시 한 번 말했다.

"편하게 부르라니까?"

"……호성아."

잠시 망설이던 하민현이 곽호성의 이름을 불렀다.

그러자 곽호성의 입꼬리가 씩 올라갔다.

"하란다고 진짜 하네? 제정신이야?"

"……"

부처님도 주먹을 쥐게 만드는 말이 아닐 수 없었다.

하지만 이런 적이 한두 번이 아니었던 것일까?

하민현은 가볍게 숨을 들이마시는 것으로 마음속에 치솟는 분노를 다스렸다.

"뭐, 그건 됐고. 아무튼 내가 형을 왜 때린 것 같아?"

"잘 모르겠습니다."

"그냥 기분이 거지 같아서 때렸어. 내가 오늘 모임에서 아주 개망신을 당했거든."

결국 그 이유 때문이었던가?

하민현은 조금 전의 대답과는 달리 쓴웃음을 지었다.

개개인의 경호원은 제로 데이의 파티장에 출입하지 못하는 것이 원칙이다.

그러나 파티장 안에서도 음식을 나르거나 잡일을 위해 일을 하는 사람은 존재했고, 참석자가 거느린 비서나 경호원은 그들을 통해 안쪽의 사정을 들을 수 있었다.

그 덕분에 하민현은 오늘 제로 데이에서 곽호성이 어떤 일을 당했는지 꽤 자세히 알고 있었다.

"……김도준은 안 됩니다."

굳이 곽호성이 입을 열지 않아도, 그가 어떤 생각으로 무슨 말을 꺼낼지는 대충 감이 잡혔다.

그렇기 때문에 하민현은 겁을 먹지 않고 지금 이 자리에서 해야 할 말을 했다.

주먹질이야 늘 당하던 일이니, 겁이 날 것도 없었다.

"안 된다고?"

"방계라곤 하나, 현 대양해운의 임원입니다. 더욱이 대양해운의 직계이자 후계자로 내정되어 있는 김지훈과도 돈독한 사이입니다. 자칫 잘못 건드렸다가는 후폭풍이 만만치 않을 겁니다. 김지훈이 대한 그룹의 사위가 될 것이라는 소문은 전무님도 들으시지 않았습니까?"

하민현은 조목조목 진실만 얘기했다.

"빌어먹을."

이런 사실은 곽호성도 잘 알고 있었다.

만약 김지훈이 개인적인 일로 제로 데이 모임에 불참하지 않았다면, 사실 김도준을 건들 생각도 못했을 것이다.

하민현이 말했던 것처럼, 대양해운의 후계자라고 알려진 김지훈은 대한 그룹의 사위가 될 것이라는 말이 재벌가들 사이에서 공공연히 나돌고 있었다.

또 브로맨스라는 말이 돌 정도로 김도준과는 아주 친밀한 사이였다.

김도준을 건든다면 김지훈이 가만있을 리 없었다.

"하지만 평검사 하나 손보는 것쯤은 어려운 일이 아닙니다."

부정 이후에 긍정은 더 큰 반응을 불러일으키기 마련이었다.

김도준의 얘기로 화가 치솟았던 곽호성의 입가에 한 줄기 미소가 걸렸다.

꿩 대신 닭도 나쁘지 않은 선택이었다.

"그래도 검사인데 괜찮겠어?"

"요새 외국에서 자칭 해결사라는 녀석들이 꽤 들어왔다고 합니다. 소문에 의하면 실력도 확실하고 뒤처리도 깔끔하다고 합니다. 한 가지 문제는 연변의 거지들보다는 가격이 비쌉니다."

"그 거지 새끼들 얘기는 두 번 다시 꺼내지 말라고 했지? 그놈들 얘기만 들어도 치가 떨리니까. 실력은 쥐뿔도 없는 새끼들이 돈만 밝히기는."

"죄송합니다."

하민현이 곧장 고개를 숙이자 곽호성이 말을 이었다.

"아무튼 실력은 확실하다 이거지?"

"네, 그렇습니다."

"그럼, 그 애들 고용해서 그 검사 새끼부터 내 앞에 끌고 와. 돈은 그곳에서 빼서 쓰고."

"……."

그곳이라는 말에 하민현의 얼굴이 처음으로 어두워졌다. 그걸 알아차린 것일까?

곽호성이 신경질적으로 소파를 주먹으로 내리쳤다.

탁!

"어차피 건설을 물려받으면 내가 관리하게 될 돈이야. 지금 빼서 쓴다고 해서 문제가 될 게 아니니까 그냥 끌어다 가 써. 내가 아버지 모르게 알아서 처리할 테니까."

하민현이 세상에서 제일 무서운 말은 바로 곽호성이 알 아서 하겠다는 말이었다.

하지만 지금 상황에서 다른 말을 한다고 수긍할 곽호성 이 아니었다.

결국 최근 한국으로 입국했다는 해결사 몇 명을 머릿속 에 떠올리는 것을 끝으로, 그는 곽호성을 향해 허리를 90 도로 숙였다.

"일주일 안에 그놈을 전무님 앞으로 데려다 놓겠습니 다."

"좋아요! 한국! 좋아요! 소주!"

늦은 밤.

홍대 밤거리의 한 술집에는 얼굴이 붉게 달아오른 외국 인이 소주병을 머리 높게 들어 올리고 행복한 듯 소리를 지 르고 있었다.

그 모습에 길가를 지나가던 많은 사람들이 미소를 지었다.

자국의 문화, 혹은 문물을 좋아해 주는 모습에 화를 낼 사람이 어디 있겠는가?

게다가 그 외국인이 모델 뺨치게 훈훈한 외모를 자랑하고 있다면?

싫어하고 욕을 하는 게 더 이상한 일일 것이다.

"이모! 여기 소주 한 병 더요!"

아이 러브 소주를 외치던 외국인이 서빙을 위해 지나가던 직원에게 소주병을 흔들어 보이며 외쳤다.

그러자 반대편에 앉아 있던 외국인이 눈살을 찌푸렸다.

이 외국인 또한 길가에서 만났다면, 한 번이 아니라 두 번은 뒤돌아볼 정도로 빼어난 외모를 지니고 있었다.

"로드니, 얼마나 더 마시려고?"

로드니라고 불린 사내가 들고 있던 소주병을 내려놓고 어깨를 으쓱거렸다.

"음, 딱 마신 만큼만 더?"

테이블에는 빈 소주병이 벌써 다섯 병이나 되었다.

그중 절반 이상은 로드니가 마신 것이다.

"하아. 너 대체 일은 언제 하려고 그러는 거야? 마스터가 이번 일에 얼마나 신경을 쓰고 있는지 알아?"

"또 잔소리! 스텐, 네가 말하지 않아도 잘 알고 있어.

하지만 아무 정보가 없잖아? 한국이 작은 국가라고 해도 무려 5천 만이나 되는 인간들이 모여 살고 있다고. 아무리 우리가 키퍼라고 해도 그 많은 인원을 일일이 뒤질 순 없는 노릇이야."

깜짝 놀란 스텐이 주변을 두리번거리며 소리쳤다.

"로드니!"

"괜찮아. 기껏 우리말을 알아듣는다고 해도 그냥 골키퍼 정도로 해석할 테니까."

"후우."

한숨을 쉬는 스텐을 보며 로드니가 그의 잔에 소주를 넘치게 따라 줬다.

"조급해하지 말자고. 아까도 말했지만, 놈이 움직이지 않는 이상 찾아낼 방법은 없으니까. 이건 우리뿐만 아니라 비슷한 시기에 입국한 다른 놈들도 마찬가지야. 그러니까 그것보다는 일단 한국에서 우리가 편하게 움직일 수 있는 지지 기반을 만드는 게 우선이야. 이 일은 마스터도 허락한 일이고 말이지."

"그렇긴 해도 난 네가 선택한 방법을 이해할 수가 없어. 꼭 그렇게까지 할 필요가 있는 거야?"

스텐이 자신 앞에 있는 소주잔을 들어 내용물을 단숨에 입에 털어 넣었다.

그 모습에 로드니가 웃으며 스텐의 잔을 다시 채워 줬다.

"그야 한 팀으로 움직인다고 해도 너와 내 사고방식이 다르니까. 넌 차근차근 단계를 쌓아서 올라가는 타입이고, 난 지붕 먼저 만드는 타입이잖아?"

로드니가 양손으로 지붕을 만드는 모양새를 취했다.

"우리가 사업을 위해 이곳에 온 것도 아닌 이상, 딱 우리 입맛대로 부릴 수 있는 놈만 있으면 되는 거야. 그것도 구린 구석이 있어서 꽉 잡힌 놈. 자기가 쥔 것을 잃고 싶지 않아서 절대로 우리에게서 벗어나고 싶지 않은 놈. 그런 놈을 찾으려면, 이 방법이 최고야. 아니면, 내 머릿속에 있는 그의 기억을 믿지 못하는 거야?"

톡– 톡–

로드니가 자신의 머리를 손가락으로 두드렸다.

그러자 스텐이 고개를 저었다.

"그럴 리가. 이런 쪽으로는 최고의 인간이었는데. 물론 악당 중에서는 말이지."

"크큭."

로드니의 입술을 비집고 웃음이 흘러나왔다.

"맞아. 악당 중에서는 최고였지."

"아무튼 이번 임무의 메인은 너니까 더는 뭐라고 말하지 않을게. 그래도 술은 좀 줄여. 그놈의 아이 러브 소주라는 말도 그만하고. 이제는 꿈에서도 들릴 지경이니까."

"노우! 아이 러브 소주!"

스텐의 당부에도 불구하고 로드니가 여전히 실실 웃으며 자신의 잔에 소주를 가득 채울 때였다.

저벅– 저벅–

쿵쿵거리는 음악 소리를 뚫고 묵직한 발걸음 소리가 로드니와 스텐의 귓가에 들려왔다.

두 사람의 시선이 자연스레 소리가 들려오는 곳으로 향했다.

그곳에는 한국인치고는 큰 키와 거대한 덩치를 지닌 사내가 있었다.

얼굴 곳곳에는 밴드를 붙이고 있었는데, 무표정하기 짝이 없는 표정이 바라보는 사람으로 하여금 괜스레 몸을 떨게 만들었다.

물론 로드니와 스텐은 예외였다.

두 사람은 오히려 재미있다는 듯 그 사내를 쳐다보고 있었다.

사내가 굳게 닫고 있던 입술을 열며 말했다.

"당신들이 요새 소문이 자자한 외국인 해결사들인가?"

스텐은 살짝 놀랐고 로드니가 혀로 입술을 훔쳤다.

사내는 최소한 한국에서 활동하는 둘의 정체에 대해서 알고 있었다.

"넌 뭐야?"

"의뢰를 하고 싶어서 왔다."

"의뢰?"

로드니의 양 눈이 가늘어졌다.

"재미있네. 우리에 대해서도 알고 있고 이렇게 직접 찾아올 정도라면, 제법 능력이 있는 것 같은데."

로드니와 스텐은 그간 한국에 머물면서 해결사 짓을 벌였다.

용돈도 벌고 정보도 수집하며, 나름의 지지 기반을 만들기 위해서였다.

하지만 눈앞의 사내처럼 그들이 원하지 않았는데 이렇게 직접 찾아오는 사람은 단 한 번도 없었다.

즉, 이 사내에게는 찾고자 하는 사람을 찾을 수 있는 최소한의 돈과 정보력이 있다는 소리였다.

그 부분이 로드니의 관심을 끌었다.

"그런데 그것도 알고 있나? 우리 몸값이 꽤 비싸서 말이야."

"확실만 하다면 돈은 상관없다."

"헤에. 백지 수표라도 내밀 생각인가?"

로드니의 경망스러운 발언에 스텐은 눈살을 찌푸렸지만, 별다른 말은 하지 않았다.

툭―

사내가 품속에서 노란 봉투 하나를 꺼냈다.

"3일 안에 거기 있는 놈을 데리고 오면 100만 달러."

100만이라는 소리에 로드니는 미소를 지웠고 스텐은 표정을 굳혔다.

두 사람에게 100만 달러는 큰돈이 아니다.

하지만 고작 사람 하나 데려오는 일에 그만한 돈을 쓴다는 것은 결코 가벼운 일이 아님을 뜻했다.

"단, 놈은 반드시 살려서 데리고 와야 한다. 또 흔적을 남겨서도 안 되고."

"오우! 우리는 마음이 약해서 사람은 못 죽인다고."

사내의 말에 로드니의 입가에 다시 미소가 생겨났다.

다소 천박하기까지 한 태도였지만, 이를 바라보는 사내는 여전히 무표정했다.

"거절할 것인가?"

"흠, 글쎄?"

"승낙이라고 생각하지."

툭—

사내가 주머니에서 다시 하얀 봉투를 꺼내 테이블 위로 던졌다.

로드니가 눈짓을 하자 스텐이 손을 뻗어 하얀 봉투의 내용물을 살폈다.

봉투 안에는 수표가 들어 있었다.

"선수금으로 50만이다. 기한은 3일. 명심하도록."

할 말을 마친 사내는 더는 용건이 없다는 듯 몸을 돌려 술집을 빠져나갔다.

그 모습을 바라보던 로드니가 갑작스레 박수를 쳤다.

짝– 짝–

"와우! 저 한국인 덩치 엄청 소쿨! 너무 쿨해서 감기 걸릴 뻔했네. 아무튼, 그래서 어때?"

무슨 의미일까?

로드니의 물음에, 사내가 사라진 방향을 주시하던 스텐이 잠시 눈을 감았다가 뜨더니 입을 열었다.

"……이름은 하민현. 한국의 KV 건설이라는 곳에 있는 곽호성이란 놈의 경호팀장이야. 이 일은 그 곽호성이라는 놈이 의뢰한 것이고. 보니까 일을 시킨 놈이 꽤 높은 놈인 것 같네."

놀랍게도 스텐의 입에서는 사내, 하민현에 관한 정보가 술술 흘러나왔다.

대답을 들은 로드니가 웃으며 말했다.

"역시 언제나 느끼지만 네 능력은 편리하다니까. 과거가 아니라 미래를 보는 능력이었으면, 더 좋았겠지만. 아! 그 랬으면, 지금쯤 돈 방석에 앉아서 팝콘에 소주나 마시고 있을 텐데."

"……."

"음, 그나저나 KV 건설이라면 그 한국의 재벌인 KV 그룹의 계열사인가? 이번에는 생각보다 꽤 거물인 것 같은데? 하긴, 그러니까 우리를 찾을 수 있었겠지."

물론 애초에 로드니와 스텐은 숨을 생각이 없었다.

하지만 숨을 생각이 없다고 해서 한국인도 아니고 외국인을 찾는 일이 결코 쉬운 일은 아니었다.

"자, 그럼 대체 어떤 인간을 손봐 주려고 한 건지 좀 볼까?"

손을 뻗은 로드니가 하민현이 던져 놓고 간 노란 봉투를 집었다.

그리고 그 안에 있는 서류를 확인한 순간 로드니의 입꼬리가 말려 올라갔다.

"이거 일이 꽤 재미있는데? 어이, 스텐!"

"⋯⋯왜?"

"이거 잘하면 이번 일로 지지 기반을 쉽게 만들 수 있을 것 같은데? 약점으로 물고 늘어지기에 딱 좋은 게 들어왔어."

"뭐? 그게 무슨 소리야?"

"일단 이것부터 살펴봐."

로드니가 들고 있던 서류를 스텐의 앞으로 던졌다.

스텐이 서류를 받아 서류의 앞 장에 눈길을 준 순간, 그의 눈에 가장 먼저 들어온 글자는 바로 서울중앙지검이었다.

Chapter 152. 급변

"오늘 따라 귀가 왜 이렇게 간지러운 거야?"

손가락으로 귀를 몇 번이고 후볐지만, 쉽게 간지러움이
사라지지 않았다.

신체 능력이 초인에 가깝게 상승했지만, 그렇다고 감각
이 사라지는 것은 아니다.

오히려 일반인보다 감각이 예민해졌기 때문에 상당히 불
편한 점도 있었다.

"정훈아!"

그렇게 한참을 귀와 씨름하고 있을 무렵.

카페의 문밖에서 밝은 목소리가 들려왔다.

시선을 돌리자, 그곳에는 푸른색 계열의 원피스를 입은 최혜진이 서 있었다.

한껏 들뜬 표정의 최혜진이 손을 흔들자 나 역시 오른손을 흔들어 줬다.

재빠르게 걸어온 그녀가 자리에 앉으며 말했다.

"오래 기다렸어?"

"아니. 그보다 오랜만이네."

"응? 우리 만난 지 3일도 안 됐는데?"

오랜만이라는 소리에 최혜진이 고개를 갸웃거렸다.

그 모습에 아차 하며 말을 정정했다.

"3일이면 엄청 오래됐지."

"헤헤, 그런가?"

실제로 내 입장에서 근 한 달 만이지만 말이다.

"참, 혹시 뮤지컬 좋아해?"

"뮤지컬? 당연히 좋아하지!"

뮤지컬이라는 소리에 최혜진의 눈빛이 반짝였다.

그 모습에 미리 준비해 뒀던 티켓 두 장을 꺼내 앞으로 내밀었다.

"어? 이거 위키드네? 그것도 VIP잖아!"

1900년에 발표된 베스트셀러 위키드는 이후 영화, 뮤지컬, 연극 등으로 끊임없이 재창조되면서 전 세계적으로 사랑을 받고 있는 작품이었다.

특히 이번 국내에서 개봉한 위키드는 기존 뮤지컬에서 잔뼈가 굵은 배우는 물론 유명 아이돌까지 총출동해서 엄청난 이슈를 만들어 내고 있는 상황이었다.

덕분에 소위 말하는 VIP 관람석은 제값의 두 배를 주고도 구할 수 없는 상황까지 벌어지고 있었다.

'4배를 주고서야 간신히 구할 수 있었지.'

나 또한 본래 가격인 17만 원의 4배인 68만 원을 주고서야 해당 표를 구매할 수가 있었다.

"그렇지 않아도 꼭 보고 싶었는데. 정말 고마워!"

기뻐하는 최혜진을 보니 나 역시 기분이 좋았다.

사실 그간 처리해야 할 일이 많다 보니, 본래 세계로 돌아온 뒤에도 얼굴만 간간이 볼 뿐 제대로 시간을 보낼 여유가 없었다.

그럼에도 그녀는 서운한 티를 내지 않았고, 항상 날 대신해서 아버지를 챙겨 줬다.

나를 만나고 처음과 늘 변함없는 모습에 항상 고마울 따름이었다.

"뮤지컬 본 뒤에 박지헌 셰프네 레스토랑으로 가자. 괜찮지?"

"나야 좋지! 최근에 인테리어도 다시 해서 연인들 사이에 완전 핫하다고 하던데? 요새 장사 잘된다고 그 오빠 입이 아주 귀에 걸렸다니까."

최근 박지헌 셰프는 진행하던 모든 TV 프로에서 돌연 하차했다.

불미스러운 일이 있었던 것은 아니다.

그렇기에 많은 이들이 그의 행보에 의아함을 자아냈다.

무성하게 부풀어 오르던 루머는 한 잡지에 그의 인터뷰가 게재되며 일단락됐다.

요리사의 본분은 요리인데 어느 순간 너무 방송에만 집착하며 자신의 본업을 등한시한 것은 아닌가라는 고민을 하게 되었다며, 다시 초심으로 돌아가기 위한 결정이었다고 속내를 털어놓았다.

솔직한 마음이 전달됐기 때문이었을까?

그 덕분인지, 오히려 방송에서 활발하게 활동할 때보다 더욱 인기가 치솟았다고 한다.

"그럼, 슬슬 이동해 볼까?"

"응!"

최혜진과 함께 자리에서 일어나 공연 장소인 샤롯데씨어터로 걸음을 옮겼다.

애초에 만났던 장소 자체가 잠실 인근의 카페였기 때문에 굳이 차를 타고 이동할 필요는 없었다.

그렇게 대부분의 20대 커플이 그러하듯 팔짱을 끼고 수다를 떨며 얼마쯤을 걸었을까?

샤롯데씨어터의 로비에 도착하자 최혜진이 귓가에 속삭

이듯 말했다.

"정훈아, 나 미안한데. 잠깐 화장실 좀."

"어, 다녀와."

입장 시간까지는 아직 30분이나 남아 있었다.

최혜진이 화장실을 간 사이, 간단히 마실 음료를 사기 위해 주변을 살피던 찰나였다.

"······!"

뭔가 몸을 향해 짓쳐들어오는 느낌에, 급히 뒤로 물러나며 고개를 돌렸다.

그러자 그곳에는 전혀 뜻밖의 인물이 어색한 미소와 함께 손을 들고 서 있는 모습이 보였다.

"오빠! 우리 또 만났네요?"

깜짝 놀란 표정을 짓고 있는 여성.

그녀는 다름 아닌 제로 데이에서 만났던 두정 그룹의 정혜리였다.

"와우! 여기는 어쩐 일이에요?"

"공연장에 공연 보러 왔지. 무슨 일로 왔겠어?"

"헛! 설마 혼자서요?"

고개를 흔들자 정혜리가 의미심장한 얼굴로 말했다.

"그럼, 여자 친구랑 왔구나? 음, 보아하니 여자 친구 분은 화장 고치러 잠시 화장실에 간 것 같고."

"그런 건 굳이 추리할 필요가 없는 것 같은데."

"요새 제가 코난에 푹 빠져 있거든요."

역시 엉뚱하다.

아마 내가 만난 사람 중에서 엉뚱한 사람 다섯 명을 꼽으라고 한다면, 정혜리 역시 분명 포함될 것이다.

"근데 검사라는 직업도 꽤 여유가 있네요? 이렇게 문화생활을 즐길 시간이 있는 줄 알았으면, 검사라고 해서 무조건 맞선을 거절하는 게 아니었는데. 난 검사는 일과 결혼한 사람인 줄 알았거든요."

"그건 잘한 거야. 나니까 여유가 있는 거지, 다른 검사는 그렇지 않으니까."

내 말은 사실이었다.

어지간한 검사는 밥 먹는 시간을 제외하면 대다수의 시간을 검찰청에서 생활한다.

잠?

하루에 8시간은커녕 4~5시간도 못 자는 검사들이 수두룩했다.

검사들도 일반 회사원들처럼 성과에 따라서 평가를 받고 그에 따라 진급이 결정되기 때문이다.

천년만년 평검사로 있고 어느 지방으로 가도 상관이 없다면야 유유자적 살아가겠지만, 그게 아닌 이상 검사들도 일과의 전쟁에서 자유로울 수 없는 것이다.

물론 애초에 내 목적은 검사로 성공하는 것이 아니었기

때문에 이렇게 여유로운 사치도 부릴 수 있는 것이지만 말이다.

"어쩐지 재수 없게 들리지만, 그래도 나쁘지 않네요. 남자가 자기가 하는 일에 그 정도 자신감은 있어야죠."

"그나저나 넌 혼자 온 거야?"

정혜리가 말도 안 된다는 듯 손을 내저었다.

"아니요! 저도 당연히 동행이 있죠. 아! 마침 저기 오네요."

정혜리가 로비의 한쪽을 가리켰다.

"어?"

정혜리를 만났을 때보다 더 당황스러운 목소리가 입 밖으로 흘러나왔다.

설마 이곳에서 이렇게 만나게 될 줄은 몰랐던 인물이 정혜리가 가리킨 손끝에 서 있던 것이다.

"김도준 씨?"

그렇다.

정혜리와 함께 공연을 보러 온 사람은 대양해운의 김도준이었다.

"이렇게 또 뵙게 되네요."

"네, 안녕하세요."

인사를 건네는 김도준이 자연스레 정혜리 옆에 서는데, 어째 그 모습이 낯설지가 않았다.

설마 하는 생각으로 정혜리를 바라보자 그녀가 주변을 슥 훑어보며 말했다.

"꽤 괜찮은 사람이 것 같더라고요. 그래서 일단 만나 보기로 했어요. 지금은 서로 알아 가는 단계라고나 할까요?"

김도준이 정혜리를 바라보며 지지 않겠다는 듯 말했다.

"다소 엉뚱하긴 하지만 꽤 괜찮은 여성인 것 같습니다."

내가 보기에도 썩 나쁘지 않은 조합이다.

어찌 됐든 두 사람 모두 재벌가의 사람치고는 특유의 아집과 거만함이 존재하지 않았기 때문이었다.

"정훈아?"

마침 화장실을 다녀온 최혜진이 살짝 당황한 표정으로 날 불렀다.

"다녀왔어? 여긴 정혜리 씨, 이쪽은 김도준 씨."

굳이 두정 그룹이니 대양해운 같은 표현은 쓰지 않았다.

최혜진의 집안 역시 나름 중상층에 속하지만, 그렇다고 재벌가를 편하게 대할 수 있는 정도의 수준은 아니었다.

이곳에서 두 사람의 신분을 밝혀 괜한 위화감을 조성할 필요는 없었다.

정혜리와 김도준 또한 적어도 그 정도 눈치는 있는 사람이었다.

"안녕하세요. 처음 뵙겠습니다. 김도준이라고 합니다."

"처음 뵐게요. 정혜리라고 해요."

"아, 네. 전 최혜진입니다."

그렇게 세 사람이 인사를 나누는 사이, 공연 입장을 알리는 안내 방송이 흘러나오기 시작했다.

[잠시 후 위키드 공연이 시작되오니, 관객 여러분께서는 공연장으로 입장해 주시기 바랍니다.]

"자, 그럼 두 분도 좋은 시간 보내시기 바랍니다."

"네, 그쪽도 좋은 시간 보내세요."

나와 김도준이 대표로 짤막하게 인사를 끝내고 각자 파트너의 손을 잡고는 정해진 자리를 향해 걸음을 옮겼다.

위키드의 공연은 총 2부로 구성되어 있다.

최혜진은 1부의 공연을 감상하면서 한순간도 눈을 떼지 못했는데, 그 모습에 괜히 가슴 한편이 뿌듯해졌다.

'좋은 자리를 구한 보람이 있네.'

뮤지컬 혹은 연극 같은 경우, VIP 관람석이라고 해서 다 같은 VIP 관람석이 아니다.

일반적으로 VIP 관람석이라고 하면, 가장 앞자리의 정중앙에 위치한 좌석.

배우들의 목소리와 얼굴을 잘 볼 수 있는 자리라고 하지만, VIP라고 해도 이런 조건을 만족하지 못하는 경우가 꽤 많았다.

그렇기 때문에 단순히 VIP 자리를 예매했다고 마음 편히 갔다가 배우들의 얼굴조차 제대로 보지 못하고 오는 경우도 빈번했다.

하지만 다행히도 이번에 구한 표는 맨 앞, 정중앙에서도 5번째 줄이었다.

배우들의 목소리는 물론 표정까지 생생하게 보였다.

그렇게 1부의 공연이 거의 끝나 갈 무렵이었다.

"응?"

낯설지 않은 불길한 감각이 전신을 휩쓸고 지나갔다.

슬쩍 내려다본 손에는 나도 모르는 사이 땀이 흥건하게 고여 있었다.

"괜찮아?"

뒤늦게 뭔가 이상함을 느낀 것일까?

공연에 집중하고 있던 최혜진이 내게 시선을 돌려 걱정 어린 모습으로 물었다.

"별일 아니야. 괜찮아."

애써 웃으며 최혜진에게 괜찮다는 듯 미소를 지어 보이고는 다시 감각을 집중시켰다.

분명 아무런 이유도 없이 이런 감각을 느낀 것은 아닐

것이다.

원인이 있기 때문에 과정이 있고 결과가 존재한다.

째깍-

바로 그 순간, 미세하지만 작은 소리가 배우들의 목소리와 음향을 뚫고 귓가에 잡혀 들었다.

분명 시침이 흘러가는 소리다.

하지만 일반적인 시계의 그것은 아니었다.

머릿속으로 빠르게 떠오른 한 가지 단어.

폭탄.

등줄기가 서늘해지고 손바닥에 고였던 땀이 빠르게 식어갔다.

대한민국은 소위 테러의 안전지대라 일컬어진다.

총기는 물론 폭발물 또한 엄격히 규제되고 관리되기 때문에, 치안만 하더라도 어느 나라와 비교해도 최상위에 랭크되는 국가였다.

하지만 안전지대라는 것은 언제든 깨질 수 있는 공간이라는 뜻이기도 했다.

'만약이라도 진짜 폭발물에 의한 테러라면······.'

샤롯데씨어터의 규모는 대략 1,200석.

현재 공연이 매진이라는 것을 감안하면, 관객과 스태프를 합쳐서 대략 1,300명 정도 될 것이다.

이 중에서 테러에 대한 경험을 가진 사람이 과연 몇 명이나 될까?

만약 테러로 인한 붕괴의 조짐만 일어나도 이 안은 아비규환이 펼쳐질 것이다.

째깍– 째깍–

그리고 그 사이에도 귓가에서는 계속 묘하게 흘러가는 시침 소리가 잡혀 들어왔다.

물론 이 소리가 내가 생각한 것과 전혀 다른 소리일 수도 있다.

그럴 경우 그에 대한 파장은 내가 생각하는 것 이상일 것이다.

하지만 만약 내가 생각하는 게 맞는다면?

그 파장은 전자와는 비교할 수 없을 정도로 어마어마할 것이 분명했다.

'정말 빌어먹을 상황이지만, 그래도 사람의 목숨이 걸린 일에 망설임을 둘 수는 없다.'

1부 공연은 서서히 끝나 가고 있고, 이제는 선택해야 할 때였다.

일이 터지면 그때는 그냥 늦는 것이 아니라 아주 늦은 게 된다.

재빨리 휴대폰을 꺼내 박동철 계장에게 메시지를 보냈다.

[계장님, 여기 잠실 샤롯데씨어터입니다. 테러 정황이 포착됐으니, 지금 당장 경찰에 연락해서 폭발물 처리반과 경찰 특공대 보내 달라고 하세요. 시간이 없으니까, 지금 당장 요청하셔야 합니다!]

휴대폰을 꼭 쥐고 가볍게 숨을 골랐다.

아무리 내가 여행자고 초인이라고 해도 한 손으로 여러 명을 구할 수는 없다.

영화에 나오는 슈퍼맨도 혼자서 할 수 없는 일이 있기 때문에 저스티스 리그가 존재하는 것이고, 아이언맨에게 어벤져스가 있는 것이다.

"혜진아."

"응?"

"너 나 믿지?"

"갑자기 그게 무슨 소리야?"

최혜진이 당황한 얼굴로 나를 본다.

하지만 그것도 잠시다.

이내 굳어진 내 얼굴을 확인하더니 고개를 끄덕였다.

"······널 안 믿으면 내가 누굴 믿겠어."

"고마워."

그렇게 짧은 대화를 끝으로 1부 공연의 끝을 알리는 안내 방송이 흘러나온 순간, 재빨리 자리에서 일어나 무대 앞으로 걸어 나갔다.

무대 앞으로 걸음을 옮기자 그 아래에 있던 경호원들이 수상함을 감지하고 재빨리 내게로 달려들었다.

"이쪽으로 오시면 안 됩니다!"

"멈추세요!"

하지만 그 전에 앞서 품에서 신분증을 꺼내며 말했다.

"서울중앙지검 한정훈 검사입니다."

"네? 검사요?"

중앙지검 검사라는 소리에 접근하던 경호원들이 순간 움찔거렸다.

그 틈을 놓치지 않고 땅을 박차고 무대 위로 올라갔다.

팟!

일반인이라면 계단이 아니고서는 올라갈 수 없는 높이였지만, 내게는 해당되지 않는 제약이었다.

갑작스레 내가 무대 위로 난입하자, 연기를 펼치던 배우들 또한 눈에 띄게 당황하는 모습을 보였다.

무대 아래의 관객들 사이에서도 웅성거림이 터져 나왔다.

저벅- 저벅-

그 모든 것을 무시하고는 위키드의 주인공이라고 할 수 있는 엘파바 역의 배우 옥시현에게로 걸어갔다.

"죄송합니다. 상황이 급박해서 어쩔 수 없이 무대 위로 올라올 수밖에 없었습니다."

"네?"

"전 서울중앙지검의 한정훈 검사라고 합니다. 현재 공연장에 폭발물이 설치되어 있습니다."

"폭발물? 포, 폭탄이요?"

잠시 생각하던 옥시현이 이내 폭탄임을 깨닫고 흠칫 놀라며 서너 걸음 뒤로 물러섰다.

주변에 있던 배우들도 마찬가지였다.

서둘러 도망가려는 그들의 모습에 재빨리 그들을 불러 세웠다.

"잠깐만요! 지금 여러분이 그렇게 도망치면 관객은 어떻게 합니까?"

멈칫—

관객이란 소리가 흘러나오자 그들의 움직임이 약속이라도 한 듯 멈췄다.

"천 명이 넘는 관객들입니다. 이 자리에서 폭발물이 설치되어 있다고 밝히면, 공연장은 순식간에 아비규환이 될 겁니다."

한시 바삐 탈출해야 하는 상황에서 아직 관객들에게 사실을 밝히지 않은 이유는 바로 이 때문이었다.

다행히 그런 의도를 알아차린 것인지 옥시현이 침착한 표정으로 입을 열었다.

"……저희가 어떻게 도와 드리면 되죠?"

"공연장의 구조는 여러분이 제일 잘 알고 있을 것으로 생각됩니다."

　배우들이 고개를 끄덕였다.

　오늘을 위해 준비했던 리허설만 해도 수십 번이 넘었다.

　당연히 공연장의 구조는 머릿속에 각인되듯 기억되어 있었다.

　"여러분이 직접 나서서 관객들의 대피를 도와주셨으면 합니다. 가능하겠습니까?"

　배우들이 서로의 얼굴을 쳐다봤다.

　그리고는 이내 결연한 표정으로 고개를 끄덕였다.

　'일단 한 가지는 해결됐다.'

　만약 배우들이 자신만 살겠다고 무작정 도망쳤다면 일이 더 어려워졌을 것이다.

　하지만 이 자리에 있는 이들은 모두 프로다.

　수백, 수천 명이 모이는 자리에서 매일같이 공연하는 배우들의 담력을 믿었고, 다행히 그 믿음은 내 판단을 배신하지 않았다.

　"그럼, 지금부터 제가 하는 말을 옥시현 씨가 그대로 관객들에게 전해 주세요."

　"알겠어요."

　옥시현이 고개를 끄덕이자 그 옆으로 다가간 내가 말을 전하기 시작했다.

"현재 공연장 내부에 문제가 생겨 잠시 수리가 필요한 상황입니다. 관객 여러분께서는 저희 배우들의 안내를 따라 공연장 밖으로 이동해 주시기 바랍니다."

고개를 끄덕인 옥시현이 내가 했던 말을 그대로 따라 말하기 시작했다.

[현재 공연장 내부에 문제가 생겨 잠시 수리가 필요한 상황입니다. 관객 여러분께서는 저희 배우들의 안내를 따라 공연장 밖으로 이동해 주시기 바랍니다. 다시 한 번 알려 드립니다. 현재 공연장…….]

웅성– 웅성–

마이크를 통해 옥시현의 목소리가 흘러나오자, 관객들의 웅성거림은 더욱 커지기 시작했다.

"뭐야? 갑자기 내부 문제라고?"

"젠장! 무슨 공연이 이 따위야?"

"하아. 오늘 공연 보려고 휴가까지 썼는데……."

이대로 내버려 뒀다가는 소란스러움만 가중될 게 분명했다. 재빨리 옥시현에게 눈짓을 보내자 그녀 또한 고개를 끄덕이고는 배우들에게 신호를 보냈다.

[자, 지금부터 배우들의 안내에 따라 공연장 밖으로 이동해 주시기 바랍니다.]

무대 아래로 내려온 배우들이 하나둘 앞장서서 관객을 이끌고 공연장 밖으로 빠져나가기 시작했다.

다소 어수선하긴 했지만, 폭발물이 설치된 현장치고는 굉장히 질서정연한 모습이었다.

진실을 알지 못하기 때문에 가능한 일이지만 말이다.

째깍— 째깍—

그리고 그사이, 귓가에 들리는 시침 소리가 점차 빨라지기 시작했다.

"해체할 수 있을까?"

폭발물 해체에 대한 기본적인 지식은 있다.

테스크 포스의 일원이라면 자신의 전문 분야가 아니더라도 긴급 상황에서 벌어질 수 있는 상황에 대처하기 위한 기본적인 지식은 가지고 있어야 하기 때문이다.

하지만 이건 어디까지나 기본일 뿐이다.

범인이 내가 가진 지식보다 더한 능력을 가진 사람이라면, 당연히 현재 내 능력으로 폭발물을 해체하는 것은 불가능하다.

우웅— 우웅—

바로 그 순간, 휴대폰에서 진동음이 흘러나왔다.

액정을 확인하니 박동철 계장이었다.

"네, 계장님."

[검사님! 지금 폭탄물 처리반과 경찰 특공대가 해당 장소로 출발했습니다.]

"얼마나 걸린다고 합니까?"

[그, 그게 주말이라서 최소 30분은 걸린다고 합니다.]

기가 막힌 노릇이 아닐 수 없다.

폭발물 신고를 했는데 30분?

건물이 무너져도 10번은 더 무너질 시간이었다.

하지만 그렇다고 해서 꼭 경찰을 욕할 일은 아니었다.

애초에 대한민국은 폭탄 테러와 거리가 먼 국가였으니, 그에 대한 준비나 대응도 당연히 느슨할 수밖에 없는 것이다.

그래도 상황이 상황이다 보니 입술이 절로 깨물어지는 것은 어쩔 수 없었다.

"……일단 안에 있던 관객은 밖으로 대피시켰습니다. 그래도 혹시 모르니까 계장님이 공연장 측에 연락을 취해서 안내 방송은 물론 주변에 있는 사람들 모두 전부 밖으로 대피할 수 있도록 해 주세요."

[알겠습니다. 그보다 검사님은 현재 어디십니까?]

"공연장 안입니다."

[네? 거, 검사님! 거기 폭탄물이 설치되어 있다면서 왜 그곳에 계신 겁니까!]

"폭탄물 찾아야죠. 이대로 이곳이 무너지면, 단순히 무너지는 것에 그치지 않습니다."

폭탄 테러가 무서운 것은 폭발물을 설치한 곳이 파괴되는 것으로 끝나는 것이 아니기 때문이다.

한 곳이 무너지면 그 여파로 인해 주변에 연쇄 작용이 일어날 수 있다.

특히 샤롯데씨어터가 위치한 곳은 잠실의 번화가다.

주변만 하더라도 놀이동산과 지하철, 호텔들이 자리를 잡고 있었다.

[하, 하지만 검사님. 정말로 폭탄이 폭발이라도 하게 되면⋯⋯.]

박동철은 계장은 뒷말을 잇지 못했다.

그가 무슨 말을 하려는 건지는 알고 있다.

내가 아무리 용빼는 재주가 있다고 하더라도, 이만한 공연장이 폭발해서 잔해에 깔리면 멀쩡할 리는 없을 것이다.

'물론 죽지는 않겠지.'

지니고 있는 급속 치료 알약이나 목각 인형을 사용하면 최소한 목숨을 잃지는 않을 것이다.

그래도 그에 준하는 부상을 입을 확률은 50% 이상이었다.

'그런데 어째서 내가 이 사실을 몰랐던 것일까? 확인을 못 한 걸까? 그게 아니면 내가 알고 있던 미래가 변하기 시작한 것일까?'

내가 궁금하고 의아한 부분은 바로 이 점이다.

5년 뒤 미래에서 현재의 시점으로 돌아오기 전, 나는 다양한 사건 사고들에 대해서 조사했다.

당연히 팔은 안으로 굽는다고 한국 쪽 사건 사고에 대해서는 유난히 신경을 썼다.

하지만 이번 폭탄물 테러와 같은 사건의 기록은 존재하지 않았다.

이에 대한 가능성은 세 가지다.

첫째는 내가 감지한 그 소리가 폭탄물이 아니라는 것이다.

이 경우 꽤 큰 해프닝이 되겠지만, 그래도 다친 사람은 없으니 가장 좋은 방향이라고 할 수 있다.

둘째는 내가 미래에서 이번 사건을 놓친 것이다.

내가 신이 아닌 이상 충분히 가능성이 존재했다.

가장 큰 문제는 세 번째일 경우다.

나비 효과.

내가 과거와 다르게 행동함으로 인해 벌써부터 미래가 서서히 바뀌기 시작하는 경우다.

'본래대로라면 지금 시점은 준비하는 단계였을 것이고, 제로 데이에 참석하지도 않았겠지.'

당연히 정혜리나 김도준을 비롯한 인연도 만들어지지 않았을 것이다.

하지만 미래를 아는 나는 본래 정해진 수순과는 다르게 행동했고, 어쩌면 그로 인해서 미래가 바뀌게 된 것일 수도 있다.

[검사님! 검사님! 괜찮으십니까?]

잠시 다른 생각을 하는 동안 휴대폰 너머로 박동철 계장의 다급한 목소리가 들려왔다.

"네, 말씀하세요."

[후우. 혹시나 해서 드리는 당부이지만, 이상한 생각하지 마시고 검사님도 당장 밖으로 나오세요. 사람은 사람마다 해야 할 일이 있습니다. 아시지 않습니까? 검사님이 하셔야 할 일은 거기서 폭탄을 찾는 일이 아닙니다!]

폭탄을 제거하는 건 엄연히 그에 대한 전문가, 폭발물 처리반이 해야 하는 일이다.

나 또한 머리로는 알고 있다.

[검사님!]

박동철 계장의 목소리가 또 한 번 내 귓전을 흔들 때였다.

전신에서 느껴지는 이상한 감각에 시선을 관객들이 앉아 있던 곳으로 돌렸다.

스윽―

VIP석 중앙열의 중앙 자리.

그곳에 한 남자가 앉아 있었다.

이상한 일이 아닐 수 없었다.

99% 이상의 관객은 전부 배우들의 안내에 따라 공연장을 벗어났다.

실제로 모든 관객석이 비어 있었다.

사내가 앉은 자리 단 하나만 빼고 말이다.

그리고 그 사내는 정확히 날 바라보고 있었다.

황당한 일은 바로 그 뒤에 벌어졌다.

"하하! 하하하!"

갑자기 자리에서 일어난 사내가 미친 듯 웃음을 토해 내기 시작한 것이다.

〈14권에 계속〉